SUPERVIVENCIA

VIDA EN LOS HÁBITATS MÁS INHÓSPITOS

SUPERVIVENCIA

VIDA EN LOS HÁBITATS MÁS INHÓSPITOS

Por
Barbara Taylor

Asesor
Dr Roger Few

Planeta Junior

Planeta Junior

Editor Steve Setford
Editor de arte Peter Radcliffe
Editor senior Fran Jones
Editor de arte senior Stefan Podhorodecki
Editor de categoría Linda Martin
Gerente y editor de arte Jacquie Gulliver
Investigación fotográfica Angela Anderson
Fotografías DK Charlotte Oster, Gemma Woodward,
Jonathan Brooks
Producción Jenny Jacoby
Diseñador DTP Siu Yin Ho

Primera edición en Gran Bretaña:
Copyright © 2002, Dorling Kindersley

Primera edición en español por:
© 2002, Distribuidora Planeta Mexicana S.A. de C. V.
Insurgentes Sur 1898,
piso 11, col. Florida
México D. F. 01030
© 2002, Planeta Publishing Corporation
2057 NW 87th Avenue,
Miami Florida FL 33172

Traducción al español: Luis E. Pérez Villanueva
Cuidado de la edición: Rayo Ramírez
ISBN: 970-690-690-8
Todos los derechos reservados para México y Centro América

Reproducido por Colourscan, Singapur
Impreso y encuadernado por LEGO, Italia

Nota a los padres:
Se ha hecho todo lo posible para asegurar que la información contenida en este libro está tan
actualizada como es posible al momento de editarlo. Sin embargo se debe considerar que el
contenido de las páginas y sitios web de Internet, es actualizada constantemente, lo mismo que
las direcciones. Es también importante remarcar que los sitios web pueden contener material o
vínculos que pueden no ser aptos para niños. En consecuencia, los editores no pueden asumir
ninguna responsabilidad por dichos sitios ni por el material contenido en ellos o en los sitios con que se vinculan y
tampoco por consecuencia alguna que surja del uso de Internet; los editores tampoco pueden garantizar que los sitios
web o urls que aparecen en este libro sean como aquí se muestra. Se aconseja a los padres que se aseguren de que el
acceso a Internet por parte de los niños sea supervisado por un adulto responsable.

CONTENIDO

INTRODUCCIÓN

El mundo puede ser un lugar hostil, pero los osos polares siguen caminando sobre el hielo bajo furiosas tempestades, los cactus aún crecen bajo el ardiente sol y las cabras monteses se encaraman en los riscos azotados por el viento. Estos expertos nos sorprenden con sus habilidades de supervivencia. ¿Pero cómo lo hacen? ¿Qué podemos aprender de estos animales y plantas?

Hay seres vivos en casi cualquier lugar de la tierra. La mayor variedad se encuentra en los lugares cálidos y húmedos, como la selva tropical, donde la fauna silvestre no tienen problemas para vivir. Pero hay vida en lugares menos hospitalarios, como los desiertos, las regiones polares, las cimas de las montañas, los lagos salados y la profundidad de los océanos, donde, día tras día, la existencia puede ser increíblemente difícil. Para la gente es especialmente difícil vivir en estas condiciones. Quizás por eso nos sentimos fascinados ante la forma como otros animales y plantas se las arreglan para mantenerse con vida cuando todo está en su contra. Este libro cuenta la historia de cómo los

LAS ANÉMONAS MARINAS VIVEN EN LA ORILLA DEL MAR DONDE LAS GOLPEAN LAS OLAS Y ESTÁN EXPUESTAS A SECARSE CON LOS RAYOS SOLARES.

animales y las plantas se enfrentan a amenazas como el calor ampuloso, el frío entumecedor, la sequía que marchita, las pesadas olas o la aplastante presión del agua. Es un viaje que comienza en los extremos de la Tierra, escala los picos más altos, excava en el suelo, sumergéte en la profundidad del océano y conoce muchos otros hábitats extremos. Al final te darás cuenta de que, sin importar lo que el planeta les arroje, los animales y las plantas siempre terminan por salir adelante.

Para aquellos que quieran explorar el tema con más detalle, en la parte superior de algunas páginas encontrarás con fondo negro la palabra Navega y una dirección en la Web. Estas te llevarán directamente a algunos sitios de Internet donde encontrarás aún más información acerca del arte de sobrevivir.

Barbara Taylor

LA ANGUILA ES UNA DE LAS POCAS CRIATURAS QUE PUEDEN ALTERAR LA QUÍMICA DE SU CUERPO PARA VIVIR EN AGUAS TANTO FRESCAS COMO MARINAS.

SOBREVIVIENDO

Si te dejaran solo en un terreno salvaje, sin comida, agua o abrigo, ¿podrías sobrevivir? La respuesta es probablemente no. Los humanos somos patéticos cuando se trata de sobrevivir sin la ayuda de ropa, herramientas y construcciones. Los animales y plantas salvajes no tienen ninguna de estas ayudas. Para mantenerse vivos sólo usan su cuerpo, su conducta y el entorno natural.

Lo esencial

¿Qué necesitan exactamente los animales y las plantas para sobrevivir? Bueno, la vida comenzó en los océanos y todos los seres vivos necesitamos la humedad para sobrevivir. El agua es vital pues de ella dependen la mayoría de los procesos químicos que se desarrollan en el interior de los animales y las plantas. Algunos animales contienen una increíble cantidad de agua; por ejemplo las medusas son 95 por ciento de agua, los mismos humanos somos 60 por ciento agua. Pero los animales y plantas desechamos

agua constantemente. Por ello la mayoría de los seres vivos, incluyendo los humanos, sólo podemos vivir algunos días sin beber agua que reemplace la pérdida. Hay algunas excepciones, como los camellos que pueden sobrevivir semanas, o incluso meses, sin agua.

Alimento para la vida

Otro aspecto esencial de la supervivencia es el alimento que proporciona energía y materiales para el crecimiento y para mantener el cuerpo en buen estado y repararlo. Las plantas son afortunadas: no deben ir a buscar el alimento, pues ellas pueden producir el suyo.

Las plantas son fábricas de alimento vivientes que absorben la energía de la luz solar y la usan para producir azúcar del gas de dióxido de carbono y el agua. Esto se llama fotosíntesis, que significa "hacer cosas con la luz". Casi todos los animales dependen de las plantas para sobrevivir, ya sea por que se alimentan de ellas o porque sus presas son herbívoras.

Un producto muy útil derivado de la fotosíntesis es el gas, llamado oxígeno, que liberan las plantas

ESTOS HOMBRES HAN LLEVADO SUS CAMELLOS A UN OASIS DEL DESIERTO PARA CALMAR LA SED DE LOS ANIMALES.

MUNDO EXTRAÑO

LOS CAMELLOS PUEDEN SOBREVIVIR CON UNA PÉRDIDA DE AGUA EQUIVALENTE A 40 POR CIENTO DE SU PESO CORPORAL. ¡CUANDO HAY AGUA DISPONIBLE, PUEDEN BEBER HASTA 100 LITROS DE AGUA EN 10 MINUTOS!

y la digestión, trabajan correctamente sólo a cierta temperatura. Las plantas utilizan su entorno para calentarse o enfriarse. También lo hacen muchos animales, como los peces, los insectos, las ranas y los

LA GARZA GRIS ES UN ANIMAL DE SANGRE CALIENTE CAPAZ DE TOLERAR DIVERSOS CLIMAS.

cocodrilos, a los que se llama "de sangre fría". Estos animales pueden ponerse al sol para calentarse o a la sombra para enfriarse. Tienden a desarrollarse mejor en climas cálidos, pues, si se enfrían demasiado, sus procesos corporales reducen tanto su velocidad que se vuelven inactivos.

en el aire. Los seres vivos necesitan oxígeno para liberar la energía que encierra el alimento. Esto ocurre en un proceso químico llamado respiración, que tiene lugar dentro de las células.

Sangre caliente y fría

Mantener los cuerpos en la temperatura correcta es el último ingrediente en nuestra receta de supervivencia. Los procesos corporales, como la respiración

Hay dos grupos de animales, los mamíferos y las aves, que tienen una gran ventaja de supervivencia. Son capaces de generar su propio calor y de mantener constante su temperatura interna, sin importar la temperatura exterior. A esto se le llama ser de "sangre caliente" y es una de las razones por las que aves y mamíferos pueden vivir en lugares cálidos y fríos. El pelo de los mamíferos y las plumas de las aves ayudan a evitar que el cuerpo de los animales pierda calor en el entorno. Muchos mamíferos también pueden temblar para calentarse o sudar para enfriarse.

MUNDO EXTRAÑO

HAY MÁS DE 800,000 ESPECIES DE INSECTOS CONOCIDAS, PERO SÓLO 20,000 DE PECES, 9,000 ESPECIES DE AVES, 6,000 DE REPTILES, 4,000 DE MAMÍFEROS Y 4,500 DE ANFIBIOS.

ESTA RANA DE ÁRBOL, DE SANGRE FRÍA, ESTÁ BIEN ADAPTADA A LA VIDA EN LA CÁLIDA SELVA TROPICAL DE CENTROAMÉRICA, PERO NO PODRÍA SOBREVIVIR EN HÁBITATS MÁS FRÍOS.

A daptación

El lugar donde vive una planta o un animal se llama hábitat. A lo largo de millones de años, los seres vivos alteran sus características físicas para adaptarse a los cambios de su hábitat y para explotar nuevas oportunidades. Los animales y plantas que mejor se adaptan sobreviven, los demás mueren. Este proceso se llama evolución. Ha permitido a las jirafas desarrollar un cuello largo para alcanzar las hojas altas, a los camellos desarrollar jorobas para almacenar grasa y a las ranas de los árboles desarrollar patas pegajosas para adherirse a árboles resbalosos.

El pez de fango está bien adaptado a un hábitat difícil: los charcos de lodo de los pantanos en las costas tropicales. Este pez vive la mitad del tiempo en el agua y la otra mitad en tierra firme conforme el agua aparece

USANDO SUS MUSCULOSAS ALETAS FRONTALES, EL PEZ DE FANGO PUEDE ARRASTRARSE SOBRE LAS LLANURAS DE FANGO E INCLUSO ESCALAR LAS RAÍCES DE LOS ÁRBOLES DE MANGLE.

y desaparece. Como los demás peces, tiene branquias para respirar bajo el agua, pero pasa más tiempo fuera del agua, de modo que ha desarrollado la habilidad de tomar el oxígeno a través de su piel mientras esté expuesta al aire. También tiene ojos salientes sobre su cabeza, para poder estar atento al peligro mientras yace en el lodo en la marea baja. El pez de fango sacude su cola que parece un resorte para impulsarse sobre el lodo en busca de alimento.

Sin cambios por el tiempo
Algunos animales y plantas están tan bien adaptados que han permanecido iguales durante millones de años. Las cucarachas actuales son iguales a las que vivían hace 300 millones de años. Y el argonauta, un marisco de la

EL ARGONAUTA, CON TENTÁCULOS, TIENE UNAS CÁMARAS LLENAS DE GAS PARA CONTROLAR SU FLOTACIÓN. SE IMPULSA ARROJANDO CHORROS DE AGUA.

profundidad
del océano,
ha sido igual
por un tiempo
mayor, alrededor de 500
millones de años. Aunque los
dinosaurios murieron hace
alrededor de 65 millones de años,
en su tiempo, eran muy buenos
para sobrevivir. ¡De hecho, estos
reptiles dominaron la tierra
durante 160 millones de años!

Aquí, allá y en todos lados
Los campeones de la supervivencia
son los organismos unicelulares
microscópicos llamados bacterias.
Fueron los primeros seres vivos
que aparecieron sobre la Tierra,
hace, por lo menos, 3,000 millones
de años y desde entonces siguen
con vida. Hoy en día, las bacterias
están en todos lados, aún en los
lugares más inhóspitos de la
Tierra, como las albercas ácidas
y los géisers, en el suelo en lo
profundo del océano y en las
rocas congeladas de la Antártida.

El poder de la gente
Las personas son una adición
reciente a la vida silvestre del
planeta Tierra. Nuestros
ancestros más antiguos
evolucionaron de los simios hace
alrededor de 5 y 10 millones

de años, y los humanos
modernos (*homo sapiens*)
han estado aquí por sólo
100,000 años. En ese
tiempo hemos aprendido a
cambiar nuestras
circunstancias para que sea
más fácil sobrevivir. Con
nuestras construcciones, la
tecnología, la maquinaria y el
transporte ya no necesitamos
alterar nuestros cuerpos para
hacerlo. Pero los rápidos cambios
que hacemos en el mundo ponen
en peligro la vida silvestre, pues
los animales y plantas no pueden
adaptarse con la rapidez suficiente
a dichos a cambios.

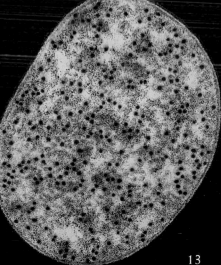

REINOS DE HIELO

El frío extremo mata; si dieras un paseo invernal en el Polo Norte o el Polo Sur sin ropa, te congelarías hasta morir en menos tiempo que una batalla con bolas de nieve. Las dos regiones polares, en los lados opuestos del globo, son los lugares más fríos e inhóspitos de la Tierra. Sorprendentemente, algunas criaturas y plantas especializadas se las arreglan para sobrevivir en estos climas difíciles.

El norte que entumece

El Polo Norte está en el océano Ártico, donde la mayor parte está cubierta de una hoja flotante de hielo permanente. Mucha de la tierra alrededor del océano Ártico –las partes más al norte de Europa, de Asia y Norteamérica– consiste en planicies sin árboles llamadas tundra, donde el terreno inferior a la capa superficial siempre es de hielo sólido.

LOS OSOS POLARES SÓLO SE ENCUENTRAN EN LA REGIÓN ÁRTICA. EN INVIERNO, HACEN VIAJES LARGOS A TRAVÉS DEL HIELO CAZANDO FOCAS PARA COMER.

El sur que hace tiritar

Lejos, en el otro extremo de la Tierra, está el Polo Sur. Yace en el corazón de la Antártida, el continente que está más al sur del mundo. Este enorme terreno está cubierto casi en su totalidad de un hielo grueso, en algunos lugares de hasta 5 km de profundidad y rodeado por mares congelados.

EL PINGÜINO CARRILLERO (AQUÍ SOBRE UN ICEBERG ANTÁRTICO) PUEDE ANIDAR EN COLONIAS DE VARIOS MILES.

Cambio por estaciones

Tanto la región ártica como la antártica tienen temperaturas bajo cero, tormentas de nieve interminables, ventarrones e inviernos largos y obscuros. La Antártida es más fría que el ártico, con temperaturas que caen sorprendentemente hasta –80°C en invierno, ¡eso es cuatro veces más baja que la temperatura de tu congelador!

Pero las regiones polares no siempre son obscuras, durante el corto verano, el sol brilla la mayor parte del tiempo, la temperatura sube y se derrite una parte del hielo. No llegan a ser unas playas formidables para vacacionar, pero todo tipo de aves y mamíferos se mudan a las regiones ártica y antártica durante el verano para alimentarse, hacer sus nidos y procrear. Los mares son particularmente ricos en vida salvaje, desde ballenas y focas hasta peces, calamares, estrellas de mar y unos seres diminutos llamados plancton.

Manteniendo el calor

¿Cómo hacen los osos polares para sobrevivir? La clave está en mantener el frío afuera y conservar todo el calor corporal que sea posible. Los animales pierden mucho calor por sus

MUNDO EXTRAÑO

LAS CRÍAS DEL PINGÜINO EMPERADOR DE LA ANTÁRTIDA NACEN A LA MITAD DEL INVIERNO Y SE COLOCAN EN UN BOLSILLO EN EL CUERPO DE SU PADRE, DONDE ESTÁN, CÓMODAMENTE, A 36°C. SI CAEN, MUEREN DE FRÍO EN DOS MINUTOS.

EL ZORRO ÁRTICO TIENE CABELLOS HUECOS. EL AIRE DENTRO DE LOS CABELLOS LE AYUDA A AISLARSE, COMO UNA DOBLE VENTANA QUE ATRAPA EL CALOR DE UNA CASA.

extremidades, las partes sobresalientes como las orejas, los picos, la nariz y los pies. Los osos polares y los zorros árticos tienen orejas y hocicos pequeños y redondeados pare reducir la pérdida de calor. Algunos pingüinos tienen patas y picos pequeños por la misma razón. Muchos animales polares tienen un aspecto redondo y abultado que pierde menos calor que los largos y delgados.

Piel fantástica

A diferencia de nosotros, los mamíferos y las aves polares no necesitan ropas gruesas para combatir el intenso frío. En lugar de eso, tienen una densa capa de piel o plumas que los mantienen calientes como un pan tostado.

Por ejemplo, el lobo marino tiene 50 o más cabellos en cada folículo de la piel, mientras que nosotros sólo tenemos uno. Muchas veces, las criaturas de clima frío tienen una piel aislante.
Una capa

MIENTRAS SUS PADRES VAN AL MAR PARA CAZAR EL ALIMENTO, LOS MULLIDOS POLLOS DEL PINGÜINO EMPERADOR SE ACURRUCAN UNIDOS PARA CALENTARSE EN GRUPOS LLAMADOS CRECHES.

NAVEGA...
www.Enchantedlearning.com/school/Antarctica

inferior de cabello suave o de blandas plumas mantiene en la piel el calor del cuerpo del animal. Sobre ésta hay una capa externa de cabellos más gruesos que mantienen fuera hasta el ventarrón más intenso.

Grasa brillante

La piel y las plumas no son tan buenas para mantener el calor cuando están húmedas. Por eso muchos animales que nadan, incluyendo los pingüinos, las focas y los osos polares, tienen, además, una capa de grasa bajo la piel. Las ballenas se han desecho del cabello por completo y tienen sólo su grasa, que puede tener hasta 50 cm de espesor, para mantenerse calientes.

La grasa de ballena puede ser descompuesta y utilizada como alimento por un animal en los tiempos difíciles. La grasa de los pingüinos tiene otro uso. Funciona como un absorbente de impactos cuando las olas arrojan al pingüino en las costas antárticas.

Compartiendo el calor corporal

¿Alguna vez te has acurrucado en alguien para calentarte en los días fríos? Los pingüinos usan el mismo truco para sobrevivir al intenso frío. Un montón de pingüinos unidos puede reducir la perdida de calor corporal hasta 50 por ciento mientras las aves,

ROER AGUJEROS DE RESPIRACIÓN EN EL
HIELO PUEDE DAÑAR LOS DIENTES DE LAS
FOCAS; SI NO LO HACEN, LOS AGUJEROS SE
SECARÍAN Y LAS FOCAS MORIRÍAN
AHOGADAS.

por turnos, van ocupando la
posición externa.

Aguas polares

Para las criaturas de los océanos
polares es más fácil sobrevivir el
cruel y obscuro invierno que para
los animales terrestres. Bajo la
capa protectora del hielo del
mar, no hay viento y es más
cálido que la superficie. Las
focas de Weddle de la Antártida
pasan el invierno completo bajo
el hielo. Las focas deben roer
agujeros a través de un metro o
más de hielo marino para poder

obtener un poco de aire. Algunos
científicos piensan que las focas
usan la ecolocalización para
encontrar sus agujeros. Esto
implica enviar pulsaciones de
sonido y escuchar los ecos
que rebotan en el hielo. La
ecolocalización también
puede ayudarlas a
buscar pescado para
comer en las
profundidades.

Muchos de los peces polares, incluyendo el bacalao antártico y el pez hielo, tienen un químico natural "anticongelante" en la sangre que evita la formación de los cristales de hielo. (Como el líquido que se pone en el radiador en el invierno). El pez nada felizmente por el agua helada, confiado de que no se convertirá en un bloque de hielo. Las plantas polares, y algunos animales terrestres diminutos, como los tisanuros (insectos sin

P lantas valerosas

La Antártida es un lugar difícil para los animales y también para las plantas. Sólo dos por ciento del territorio está libre de hielo permanente y no hay un suelo real. Aún así, los musgos y los líquenes logran vivir ahí. Los líquenes son compañeros de las algas y los hongos. Son increíblemente fuertes y pueden vivir sin tierra, obteniendo todos los nutrientes que necesitan de la roca desnuda.

ALGUNOS LÍQUENES ANTÁRTICOS TIENEN HASTA 1,000 AÑOS DE EDAD

EL PEZ HIELO ES UNA DE LAS SÓLO 120 ESPECIES DE PEZ QUE VIVEN EN LAS AGUAS ANTÁRTICAS.

Los líquenes contienen concentraciones elevadas de proteínas y ácidos que no se congelan sino hasta que la temperatura baja a $-20°C$.

E splendor de verano

Si buscas coleccionar flores, olvídate de la Antártida, sólo tienen dos especies de plantas con flores. El Ártico, por su parte, tiene más de 500 especies diferentes. Muchas de estas plantas crecen en masas bajas, gruesas y redondas llamadas cojines. Su forma las mantiene lejos del viento y les ayuda a absorber el calor del terreno. Puesto que casi no llueve en el Ártico, las

alas) y los ácaros (parientes de las arañas) tienen también químicos anticongelantes en su cuerpo.

19

de crecimiento. El aire se llena de insectos ansiosos de alimentarse con el néctar de las flores. Los sundews y otras plantas carnívoras sobreviven bien en el pobre suelo de la tundra porque sus hojas pegajosas pueden atrapar insectos, además de crear alimento por fotosíntesis. Digieren los insectos para obtener valiosos nutrientes adicionales. Aunque la palabra tundra significa "sin árboles", algunos como el sauce ártico logran existir ahí. Pero todos son pequeños, con un crecimiento restringido al corto verano.

Para caminar en el agua

Los animales polares necesitan ser capaces de ir de un lugar a otro en busca de alimento, de modo que sus cuerpos se han adaptado para

plantas necesitan conservar la mayor cantidad de agua posible. Sus hojas tienen superficies gruesas, con frecuencia grasosas, con pocos poros de respiración por los que pueda evaporarse el agua.

Durante el verano, cuando el sol derrite la nieve y deshiela la capa superior del suelo, la tundra se llena de color y las plantas se apresuran a florecer y a producir semillas en la corta temporada

enfrentarse al difícil terreno. Por ejemplo, las patas largas de los renos y de los alces son ideales para caminar por el agua de los pantanos y arroyos en el verano y para avanzar a través de la nieve profunda en el invierno.

Los pies de los mamíferos y las aves polares son, con frecuencia, anchos y planos, con pelaje o plumas entre los dedos. El pie ancho distribuye el peso del animal sobre una superficie mayor para evitar que se hunda en la nieve. Los osos, los lobos y los zorros polares tienen garras agudas para evitar que sus patas se deslicen y resbalen en el terreno de hielo, mientras que el alce y el reno tienen unas pezuñas agudas para darles un paso firme.

Algunos mamíferos pequeños,

como los lemmings, usan sus patas para excavar cómodos túneles bajo el cobertor de nieve, donde pueden buscar alimento en las raíces a salvo los predadores.

MUNDO EXTRAÑO

COMO CAZAN EN MANADAS, LOS LOBOS GRISES PUEDEN TENER UNA AMPLIA VARIEDAD DE PRESAS, INCLUYENDO ALCES Y CARIBÚS QUE PUEDEN PESAR HASTA 10 VECES MÁS QUE UN LOBO.

POR LO REGULAR, LOS LOBOS VIVEN Y CAZAN EN MANADAS DE ENTRE 8 Y 20 ANIMALES, PERO SE HA SABIDO DE MANADAS DE HASTA 36.

VIDA EN LAS ALTURAS

En la cima de las montañas, el fino aire hace que sea difícil respirar, el clima puede ser una amenaza para la vida, el alimento es escaso y el terreno es engañoso. Las plantas y los animales no gozan del beneficio de los tanques de oxígeno, ropa gruesa, botas y todo el equipo que usan los montañistas. En lugar de eso, han encontrado maneras ingeniosas para adaptar su cuerpo a la vida en la cima del mundo.

LOS GUANACOS VIVEN EN LOS ELEVADOS PASTIZALES DE LOS ANDES DE SUDAMÉRICA.

Arriba donde el aire es fino

En las elevadas montañas, el aire es demasiado fino como para que los mamíferos lleven una vida normal activa. Pero hay algunos como las llamas, los guanacos y las vicuñas (parientes de los camellos), los yaks, las cabras y borregos de montaña que tienen características especiales para sobrellevar este problema. Tienen pulmones más grandes para introducir mayor cantidad de aire, más glóbulos rojos para recolectar más oxígeno y un corazón más grande para bombear la sangre oxigenada con mayor rapidez por todo el cuerpo. Los glóbulos

LOS QUEBRANTAHUESOS VUELAN CON LAS CORRIENTES DE AIRE ASCENDENTES.

rojos de la llama viven alrededor de 235 días, más del doble que los glóbulos humanos. También son más eficientes en la recolección del oxígeno.

El aire fino no es un problema para las aves, por naturaleza, acostumbradas a las alturas. A diferencia de los humanos, las aves pueden reemplazar todo el aire de sus pulmones en un proceso. Esto les permite obtener más oxígeno en cada respiración, por ello el buitre grifón de Rüppell puede volar a 11,000 m, ¡eso es más alto que el Monte Everest!

En el salvaje viento

Aunque el aire es fino en las alturas, el clima lo convierte en un viento salvaje que golpea la cima de las montañas y a cualquier pobre criatura que esté ahí. Por lo regular, los animales encuentran protección cuando hay un ventarrón. Volar es muy peligroso para los insectos, por ello la mayoría carece de alas y sólo se arrastran en el piso.

Pero no todos los animales se esconden del viento. Las aves de presa, como las águilas, los quebrantahuesos y los cóndores, sacan ventaja del aire que sopla de un lado de la montaña a otro. Estas aves tienen alas largas, anchas y poderosas y plumas gruesas, lo que les permite subir a la montaña con la corriente de aire sin necesidad de batir mucho las alas. El cóndor de los Andes tiene una envergadura en las alas de 3m y puede volar durante horas con muy poca energía.

LA CABEZA CALVA DEL CÓNDOR DE LOS ANDES LE PERMITE INTRODUCIRSE EN UNA RES MUERTA SIN LLENAR DE SANGRE SUS PLUMAS.

A lmacenando comida

Cuando la nieve se derrite en los pastizales de las montañas, las plantas cobran vida y los animales van a la montaña para alimentarse. Sin embargo, las cosas son mucho más difíciles en el invierno. Durante el verano, unos animales pequeños, similares a los conejos, llamados pikas, se ocupan en hacer "almiares" de pasto para comer durante el invierno. Un solo almiar puede pesar hasta 6 kg.

A ferrándose

Las plantas también se han adaptado para enfrentarse a los vientos que azotan las montañas. Al igual que las plantas árticas, muchas especies son pequeñas y compactas para evitar lo peor de los vientos. Tienen raíces largas para sujetarse firmemente al suelo y absorber la humedad vital. Con frecuencia, las praderas de las montañas están llenas de este tipo de plantas bajas, como las saxífragas y la genciana.

MUNDO EXTRAÑO

LOS OJOS DE UN ÁGUILA DORADA SON TRES VECES MÁS AGUDOS QUE LOS NUESTROS. PUEDEN VER UNA LIEBRE A 2 KM DE DISTANCIA Y DIRIGIRSE A SU PRESA A LA IMPRESIONANTE VELOCIDAD DE 144 KM/H.

Los animales grandes que comen plantas, como los yaks, las cabras y los borregos de montaña, no pueden encontrar mucho que comer durante el invierno, por eso van a la parte baja de la montaña para pastar en las faldas.

Terror de los cielos

Volando sobre estos herbívoros están las aves de presa buscando algo que comer. Las águilas doradas comen presas vivas, se dejan caer y atrapan conejos, liebres y otros mamíferos pequeños con sus garras como navajas. Los buitres, como los cóndores andinos, comen los cadáveres de los animales que han caído por las engañosas pendientes. Los quebrantahuesos, también buitres, dejan caer huesos desde muy alto para romperlos en las rocas del suelo. Luego, se comen el nutritivo tuétano con su lengua larga y delgada. Necesitan mucha paciencia, pues hacen falta 50 caídas para que un hueso se rompa.

LAS CABRAS DE MONTAÑA PUEDEN HACER SALTOS MORTALES ENTRE LAS ROCAS MIENTRAS BUSCAN COMIDA.

Paso seguro

Los mamíferos grandes necesitan ser ágiles y tener pasos firmes cuando avanzan en busca de alimento o cuando escapan del mal clima. Las cabras y los borregos son muy buenos para trepar por las melladas rocas y para escalar los empinados riscos. Las cabras monteses tienen una parte hueca bajo las pezuñas que succiona y se "pega" a la roca. Las gamuzas (parientes de las cabras) tienen piernas que absorben el impacto y puntas elásticas en las pezuñas para mayor firmeza. ¡Pueden brincar 9m desde las cuestas casi verticales de las rocas!

Plantas con cabello

El fino aire de la montaña no puede conservar tanto calor como el aire al nivel del mar, de modo que mientras más alto subes, más frío se vuelve; sobre todo en el invierno. A las plantas de montaña les crecen cabellos en sus hojas o flores para aislarse y para reducir la pérdida de agua con los fuertes revisten o cubren sus troncos de la misma manera como nosotros revestimos las tuberías del agua par evitar que se congelen durante el invierno.

Calentadores y abrigos

El vestido para el clima frío de algunas aves de montaña, incluyendo los tetraogallos del

LOS YAKS PASTAN A 6,000M A TEMPERATURAS DE – 40°C

y secos vientos. Los cabellos también son útiles como protección de los dañinos rayos ultravioleta del sol, que son más intensos en las alturas pues el aire fino no los filtra tan bien como el aire grueso de las zonas bajas.

Las gigantescas hierbas canas de las montañas Africanas tienen una manera diferente de aislamiento. Las hojas muertas

Himalaya, consiste en plumas extra gruesas que cubren incluso sus patas y pies. Para las aves pequeñas es difícil mantener el calor, pero las bandadas de pinzones se juntan bajo las rocas para compartir su calor corporal; muy similar a los pingüinos emperador de la Antártida.

EL LEOPARDO DE NIEVE TIENE UNA COLA LARGA Y PELUDA CON LA QUE ENVUELVE SU CUERPO, COMO UNA BUFANDA, PARA MANTENER EL CALOR.

LAS CÁLIDAS AGUAS TERMALES ALEJAN EL
FRÍO DEL INVIERNO PARA ESTOS MACACOS.

Los mamíferos de montaña, como las vicuñas y los leopardos de nieve, combaten el frío con un abrigo denso y lanudo que les crece. En el otoño, las cabras de montaña y los yaks también acumulan grasa bajo su piel para tener un mejor aislamiento durante el invierno. La piel de los yaks es obscura para poder absorber la mayor cantidad de calor del sol invernal posible. Muchos insectos de lo alto de las montañas son también de color obscuro por la misma razón.

Los macacos japoneses han encontrado, sin duda, la manera más divertida para el frío; se sientan en las aguas termales que surgen en lo alto de las montañas. Una zambullida en las tinas los mantiene tan calientes como un pan tostado, a pesar de estar rodeados de nieve.

27

EL HORNO DEL DESIERTO

E l sol del desierto resplandece agresivamente en un cielo sin nubes mientras la temperatura sube a 50°C. La tierra reseca parece yerma y muerta. Vivir ahí sería como establecer un hogar en un horno. Sin embargo, el caliente desierto tiene una sorprendente variedad de animales y plantas, todos perfectamente adaptados a manejar el calor que quema y a vivir perfectamente con poca agua.

Detalles áridos

Los desiertos son lugares que tienen un promedio de menos de 25 cm de lluvia al año. Durante el día, pueden tener un calor abrasador, pero por la noche las temperaturas pueden ser inferiores al punto de congelación. El paisaje es, en su mayoría, rocas desnudas o arena cambiante que con el furioso viento se convierte en una tormenta arrasadora. Suena aterrador, ¿no es así?

Habilidades de supervivencia del camello

Eso no derrota a los camellos, famosos por estar bien equipados para enfrentarse a condiciones tan abrumadoras. La lanuda piel en su espalda les hace sombra y los protege del sol, pero el resto de su cuerpo está casi desnudo, por eso pierden calor con rapidez. Almacenan grasa corporal en sus jorobas y no, como la mayoría de los mamíferos, bajo la

LOS CAMELLOS TIENEN UNAS CEJAS LARGAS PARA EVITAR QUE EL AIRE CON ARENA ENTRE EN SUS OJOS; TAMBIÉN PUEDEN CERRAR SUS FOSAS NASALES DURANTE UNA TORMENTA DE ARENA.

LOS CANGUROS ROJOS VIVEN EN LOS DESIERTOS CENTRALES DE AUSTRALIA. AL IGUAL QUE MUCHOS ANIMALES DEL DESIERTO TIENEN UNA PIEL DE COLOR CLARO PARA REFLEJAR LOS RAYOS SOLARES.

piel, con lo que evitaría la pérdida de calor. Si las cosas se ponen muy duras, la grasa puede descomponerse para obtener la energía y el agua tan necesarias.

Ser tan grande como un camello —o como un canguro, un antílope o una gacela— tiene sus ventajas. Los animales grandes tardan más o palpitar para mantenerse frescos en el infernal desierto. Conforme el agua se evapora de su piel, su boca o sus pulmones, se lleva consigo el calor corporal. Algunos

UN CAMELLO SUDA HASTA QUE SU CUERPO ALCANZA LOS 40°C

tiempo en calentarse que los pequeños, al igual que una tetera llena de agua tarda más tiempo en hervir que una a medio llenar.

E vaporadores y radiadores
Al ser de sangre caliente, los mamíferos y las aves pueden sudar

animales van aún más lejos con este proceso. Los canguros untan saliva en su panza, en sus patas y su cola para enfriarse con la evaporación. Los buitres y las tortugas del desierto le dan un giro más asqueroso, ¡orinan en su patas! Tal vez no suene

29

LAS OREJAS DE LOS ZORROS AFRICANOS ESTÁN DISEÑADAS PARA IRRADIAR EL EXCESO DE CALOR FUERA DEL CUERPO.

agradable, pero es muy efectivo.

Otra manera de evitar el sobrecalentamiento es que la sangre fluya más cerca de la superficie de la piel para que el calor salga de la sangre hacia el aire. Los zorros africanos y las liebres hacen esto con sus enormes orejas que funcionan como radiadores. Sus orejas están llenas de vasos sanguíneos y, puesto que son grandes, hay mucha superficie donde el calor puede irradiarse. Luego, la sangre enfriada circula a lo largo del cuerpo del animal.

MUNDO EXTRAÑO

CUANDO LA TEMPERATURA LLEGA A LOS 38°C, LOS ZORROS AFRICANOS TIENEN HASTA 690 RESPIRACIONES POR MINUTO PARA ENFRIARSE. SI LA TEMPERATURA BAJA A 20°C, COMIENZAN A TEMBLAR.

Muy caliente para controlarlo

Cuando los animales del desierto consideran la temperatura muy caliente como para controlarla, su única opción es salir del alcance del sol. Hay pocos lugares para protegerse, algunas ardillas de tierra usan su larga y peluda cola como sombrillas.

Los mamíferos pequeños como los ratones, los jerbos y las ratas canguro consideran que la mejor manera de escapar del calor es excavar un agujero fresco. Estos no deben ser profundos, sólo algunos centímetros bajo la superficie, la temperatura puede bajar hasta 25°C. Para nosotros sigue siendo muy caliente, pero puede marcar la diferencia entre la vida y la muerte para estas criaturas.

Las aves del desierto como los tecolotitos colicorto y los pájaros carpinteros de Gila no pueden excavar, pero encuentran protección en agujeros dentro de los cactus. No sólo encuentran un lugar fresco, sino también agua para beber en la humedad almacenada en la planta.

N i una gota

El agua es preciada en el desierto, de modo que el secreto de la supervivencia es no desperdiciar ni una gota. La dura y callosa cubierta de los escorpiones, las arañas, los insectos y la escamosa piel de los lagartos son como trajes a prueba de agua que evitan que la humedad salga del cuerpo del animal.

La respiración de los animales que pasan el día bajo tierra crea una atmósfera húmeda en sus agujeros, lo que ayuda a reducir la cantidad de agua que se evapora de sus cuerpos. Para evitar aún más la pérdida de agua, muchos de ellos no sudan ni palpitan, e incluso su orina es muy concentrada. Las semillas almacenadas en los agujeros funcionan como esponjas

LOS JERBOS DEL DESIERTO EXCAVAN AGUJEROS PARA EVITAR EL SOL. EN LA NOCHE VIAJAN HASTA 10 KM EN BUSCA DE ALIMENTO.

UN AGUJERO EN UN CACTUS SAGUARO
PROPORCIONA UN HOGAR SEGURO,
FRESCO Y HÚMEDO PARA ESTE
TECOLOTITO COLICORTO.

UN AGUJERO EN UN CACTUS SAGUARO PROPORCIONA UN HOGAR SEGURO, FRESCO Y HÚMEDO PARA ESTE TECOLOTITO COLICORTO.

comestibles que absorben el vapor de agua del aire. Las ratas canguro tienen unos riñones tan eficientes que pueden extraer de su alimento toda el agua que necesitan. De hecho, pueden pasar toda su vida sin beber.

Hábitos de bebidas

Los animales que sí necesitan el agua han diseñado algunas maneras inteligentes de obtenerla. El macho del guaco de arena vuela hasta 80 km en busca de algo de beber. Cuando encuentra agua, remoja las plumas de su pecho y vuela de regreso al nido para que sus crías succionen el agua de las plumas para calmar la sed.

No todos los habitantes del desierto recorren esas longitudes. Un escarabajo sólo sube a una duna de arena por la mañana y levanta su parte trasera. Las gotas de agua de la neblina se condensan en su cuerpo y bajan por unas ranuras hasta su boca para un trago refrescante.

El ratón australiano tiene un truco similar. Apila guijarros fuera de su agujero. El rocío se acumula en los guijarros y el ratón sólo los lame.

LOS CACTUS SAGUARO GIGANTES PUEDEN PESAR TANTO COMO UN PAR DE ELEFANTES. DOS TERCIOS DE ESTE PESO ES EL AGUA ALMACENADA EN SU TALLO.

NAVEGA...
explore/nature/deserts/deserts.htm
www.ontheline.org.uk/

Maravilla de dos hojas

Las plantas también han desarrollado una variedad de maneras de enfrentarse a la escasez de agua. Welwitschia es una planta que, además de tener un nombre difícil de pronunciar, tiene unas hojas poco usuales. Las hojas desordenadas pueden tener hasta 8m de longitud y están cubiertas de muchos poros para absorber la humedad de la niebla y el rocío. La raíz larga y parecida el nabo fija la planta al suelo.

Cactus campeón

Los campeones del almacenaje de agua son los cactus. De un saguaro gigante podrías exprimir agua para llenar 1,000 tinas (¡No lo intentes en casa!). Los cactus

LAS HOJAS DE LAS WELWITSCHIA RODEAN LA PLANTA Y SE SEPARAN EN TIRAS DESORDENADAS.

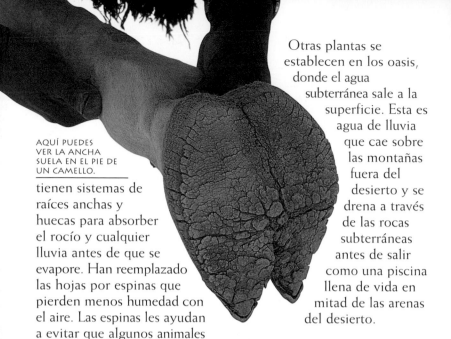

tienen sistemas de raíces anchas y huecas para absorber el rocío y cualquier lluvia antes de que se evapore. Han reemplazado las hojas por espinas que pierden menos humedad con el aire. Las espinas les ayudan a evitar que algunos animales intenten obtener el agua que hay almacenada en su tallo.

Almacenes subterráneos

Las plantas que no son aptas para almacenar la humedad pueden recolectar agua de lo profundo de la tierra. Los árboles de mezquite tienen unas raíces increíblemente largas para alcanzar el agua almacenada a 15m bajo la superficie.

AYUDADO POR SUS SUAVES ESCAMAS, ESTE PEZ "NADA" A TRAVÉS DE LA ARENA CON MOVIMIENTOS DE SU CUERPO CON FORMA DE S.

Otras plantas se establecen en los oasis, donde el agua subterránea sale a la superficie. Esta es agua de lluvia que cae sobre las montañas fuera del desierto y se drena a través de las rocas subterráneas antes de salir como una piscina llena de vida en mitad de las arenas del desierto.

Viaje por el desierto

Para recorrer grandes distancias entre los oasis, los mamíferos grandes necesitan patas largas y fuertes, mientras que las aves necesitan ser voladoras resistentes. Incluso los viajes cortos pueden ser difíciles, pues el suelo abrasador y la cambiante arena hace que sea cansado caminar. Los elefantes, los camellos y los adaxes (antílopes) tienen unas plantas gruesas y

anchas para evitar que sus pies se hundan en la arena y para evitar las quemaduras.

Los lagartos tienen su propio rango de calzado desértico. Muchos tienen pies enredados, dedos con flecos o cerdas que les ayudan a distribuir el peso para mantenerse sobre la superficie.

Si el calor de la arena es insoportable, los lagartos de arena meten sus pies más allá de la capa superficial para ponerlos bajo la arena más fría. Las serpientes no tienen pies

LA TEMPERATURA DEL SUELO EN EL DESIERTO PUEDE EXCEDER LOS 70°C

que meter, pero los crótalos pueden impulsarse hacia los lados a través del aire. Al hacerlo, sólo dos secciones pequeñas de su cuerpo están en contacto con la arena suelta y caliente. Otras serpientes y lagartos prefieren caminar bajo la superficie y "nadar" por la arena meneando su cuerpo hacia delante y hacia atrás.

Mantenerse vivo es todo un reto en el desierto, como también lo es en las regiones polares y en lo alto de las montañas. Por eso, con frecuencia, la vida salvaje opta por escapar en conjunto del mal tiempo.

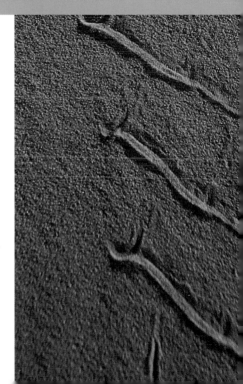

HUYENDO DE LOS EXTREMOS

Cuando la vida se vuelve difícil, los resistentes permanecen y lo soportan. Pero los que no lo son se esconden o huyen. La fauna que no está adaptada físicamente a la condiciones extremas busca otras maneras de sobrevivir. Algunos animales van a lugares donde es un poco más fácil. Las plantas y animales que no son tan móviles sólo se ocultan y "apagan" sus sistemas vitales.

Dormitando en el invierno
¿Alguna vez te has levantado una mañana fría pensado lo bueno que sería poder quedarte en la cama hasta que llegue un clima más caliente? Bueno, para algunos reptiles, anfibios y mamíferos pequeños es más que una buena idea, es su estrategia de supervivencia.

hiberna, la temperatura del cuerpo del animal baja hasta un poco arriba de la temperatura del entorno, y los latidos de su corazón, su respiración y otras funciones vitales del cuerpo se reducen enormemente.

En este estado de inactividad, el animal utiliza mucha menos energía. Por ejemplo, unos

EL CORAZÓN DE UN LIRÓN HIBERNANDO PUEDE LATIR HASTA 7 VECES POR MINUTO

Al final del otoño, los días se vuelven más cortos, las temperaturas bajan y la comida comienza a escasear. En lugar de prepararse con meses de anticipación para resistir el crudo invierno, algunos animales se esconden y entran en una especie de sueño muy profundo conocido como hibernación. Mientras

roedores que hibernan, llamados marmotas, consumen sólo 15 por ciento de la energía que consumen cuando están activos. Muchos mamíferos comen una cantidad mayor de alimento antes del invierno para preparar una reserva de grasa que usarán al hibernar. Otros almacenan comida en sus nidos y se despiertan periódicamente para comer algo y luego regresan a su sueño profundo.

Otros animales hibernan sólo algunas semanas. Las marmotas permanecen dormitando hasta 10 meses. Es posible que cuando el animal salga de la hibernación, su peso corporal se haya reducido más de la mitad… pero, al menos, habrá sobrevivido.

ENROSCADOS PARA MINIMIZAR LA PÉRDIDA DE CALOR, LOS LIRONES HIBERNAN EN NIDOS HECHOS DE HOJAS Y MUSGO.

Bajo tierra

Muchas plantas tienen su propia técnica de evitar los extremos del invierno. Contraen sus hojas y se retiran bajo tierra, sobreviviendo con las raíces, los tallos, los bulbos y los tubérculos hinchados con el alimento almacenado. Cuando el clima mejora, cobran vida rápidamente y salen a la superficie.

LA LLUVIA HA TRANSFORMADO ESTE PAISAJE DESÉRTICO EN UN EXCESO DE COLOR.

F lorecimiento desértico

Algunas plantas desérticas usan también una estrategia de espera para evitar la sequía. Una de las imágenes más extraordinarias del desierto es cuando una lluvia repentina conjura, como salida de la nada, una luminosa alfombra de flores de colores brillantes.

En promedio, cada metro cuadrado del suelo del desierto alberga entre 5,000 y 10,000 semillas de plantas, todas listas para salir a la vida cuando llegue la lluvia. El agua se evapora o se drena rápidamente,

de modo que tienen sólo algunos días para brotar, crecer, florecer y distribuir sus propias semillas antes de morir. Las nuevas semillas quedan bajo la arena; una reserva oculta de vida que esperará la siguiente lluvia.

S oportando la sequía

No sólo las semillas dependen de la lluvia para existir. Los huevos del renacuajo de un camarón pueden soportar 15 años de sequía en temperaturas de hasta 70°C mientras esperan un poco de agua de vida. Cuando la lluvia llega, los camarones nacen y crecen rápidamente hasta alcanzar la madurez y producir huevos antes de que su piscina desértica se seque.

D urmiendo en el calor

Las ranas y los sapos parecerían ser habitantes extraños en el desierto, pues deben mantener la humedad de su piel. La rana

MUNDO EXTRAÑO

EL PEZ DÍPNEO AFRICANO PUEDE SOBREVIVIR CUATRO AÑOS DE SEQUÍA ENTERRADO EN EL LODO. A DIFERENCIA DE LA MAYORÍA DE LOS PECES, TIENE PULMONES Y BRANQUIAS, DE MODO QUE PUEDE RESPIRAR MIENTRAS ESTÁ FUERA DEL AGUA.

LOS CANGREJOS RENACUAJOS MIDEN ALREDEDOR DE 2.5 CM. SE ALIMENTAN DE HUEVOS DE INSECTOS Y DE LARVAS.

australiana excava en el suelo y afloja su piel cubriéndola con mucosa. Ésta se endurece para formar alrededor de su cuerpo un capullo resistente al agua que mantiene la humedad. La rana descansa en este capullo en un estado similar a la hibernación. Cuando llueve, la rana sale de su capullo para respirar. Dormir durante las condiciones muy calientes y secas se llama estivación.

Huyendo del peligro

En lugar de combatir las inclemencias del clima y la escasez de alimentos, algunos animales hacen sus maletas y se dirigen a lugares donde las condiciones son más favorables.

Estos viajes regulares se llaman migraciones. Para encontrar el camino hacia su destino, los animales migratorios utilizan un conocimiento heredado, marcas familiares, el campo magnético de la tierra o la posición del sol, la luna y las estrellas.

Movimiento en masa

Algunas migraciones implican vastas distancias y un gran número de animales. Una de las más increíbles es la que realizan las mariposas monarca. Estos frágiles insectos, con alas

NAVEGA... www.sciencemadesimple .net/animals.html

CUANDO LAS LLUVIAS DEL DESIERTO LLEGUEN, ESTA RANA CONSERVADORA DE AGUA ROMPERÁ SU CAPULLO Y BUSCARÁ UNA PAREJA.

LAS BALLENAS CON JOROBA SE ALIMENTAN EN LOS MARES POLARES DURANTE EL VERANO Y MIGRAN A LAS CÁLIDAS AGUAS TROPICALES PARA PROCREAR EN EL INVIERNO.

no mayores a los 10 cm, vuelan desde Canadá 4,000 km, cada año, para pasar el invierno en México, donde cubren los árboles con un manto viviente de alas anaranjadas. En una sola colonia de monarcas puede haber más de 40 millones de mariposas.

Los mamíferos no migran en tales cantidades, pero también son una imagen espectacular. En los pastizales de la sabana africana, ñus, cebras y otros animales de pastizal hacen largos viajes para escapar de la sequía, siguiendo las lluvias para poder encontrar pasto fresco para comer. Las rebaños migratorios de hasta 250,000 animales pueden abarcar hasta 40 km del paisaje.

Volador de largo alcance

La migración más larga de todas la realiza el terno ártico. Este valiente pajarito vuela desde sus sitios de alimentación árticos hasta los ricos bancos de peces en las aguas antárticas; luego vuela de regreso; ¡todo en el mismo año! Es un viaje redondo asombroso de más de 40,000 km. El terno disfruta del verano

EN SU VIAJE DE POLO A
POLO, LOS TERNOS
ÁRTICOS RECUPERAN
SUS ENERGÍAS
COMIENDO
PECES.

tanto en el
Polo Norte como en
el Sur, de modo que es probable
que pase más tiempo en la luz del
día que cualquier otro animal.

Obstáculos y peligros

Las migraciones largas cobran su
cuota a los animales. Por ejemplo,
50 por ciento de todas las
golondrinas que cada año vuelan
de Europa a África no sobrevive
al viaje. Las migraciones también
desgastan la preciosa energía,
además de que hay muchos
obstáculos que librar en el
camino, como vastos océanos,
ríos de corriente rápida, elevadas
montañas y predadores

hambrientos
dispuestos a arrebatar
cualquier joven que
nazca durante el
viaje. No todas las
migraciones son tan
dramáticas o arriesgadas. Las
lapas migran sólo un metro
cuando, con la marea alta, se
mudan a las orillas rocosas para
pastar en las algas. Luego
regresan a su "hogar", un
pequeño hueco en la roca…
misión cumplida, por lo menos
por varias horas, hasta que llegue
la siguiente marea.

LOS ÑUS Y LAS CEBRAS QUE MIGRAN
CORREN EL RIESGO DE SER ATACADOS POR
PREDADORES COMO LOS COCODRILOS
CUANDO CRUZAN EL RÍO.

LUCHA EN LA ORILLA

Un día junto al mar es muy divertido para nosotros, pero para los animales y plantas que viven en la orilla la vida es sorprendentemente difícil. Se enfrentan a una lucha constante por la supervivencia en dos ambientes diferentes, aire y agua. Corren el riesgo de secarse con los rayos del sol, el viento y la marea baja, y de ser azotado por las olas cuando la marea regresa.

E xcavadores y perforadores
Cuando la marea se va, muchos animales de la orilla arenosa o lodosa –incluyendo gusanos, cangrejos pequeños y moluscos como los rastrillos y los berberechos– perforan en el sedimento. No es que sean tímidos, sino que bajo la

EL CUERPO LARGO Y SUAVE DE UN GUSANO PAVOREAL ESTÁ PROTEGIDO POR UNA TUBO DE ARENA O LODO.

LOS RASTRILLOS PERFORAN MÁS RÁPIDO EN LA ARENA QUE UNA PERSONA EXCAVANDO

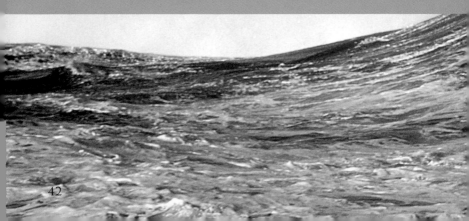

superficie siempre está húmedo y así sus cuerpos no se secan. (El lodo es un mejor escondite que la arena, pues los granos son más finos y guardan mejor el agua). Algunas de estas criaturas ciernen el sedimento para buscar bocados de plantas o animales muertos. Otros serpentean hacia la superficie cuando el mar regresa para darse un banquete en el rico cargamento de comida.

El gusano pavoreal no sólo perfora, también pega granos del sedimento con mucosa para hacer un tubo que sobresale en la arena. Con la marea alta agita fuera del tubo unos tentáculos para atrapar el alimento disperso y el oxígeno del agua.

El gusano regresa al tubo cuando la marea baja.

Los dátiles de mar buscan la seguridad de la roca sólida. Estos moluscos hacen girar su concha para perforar un agujero en donde quieren encontrar abrigo. Lo triste es que no pueden detectar a otros dátiles y, en ocasiones, se perforan entre sí.

NAVEGA...
www.bbc.co.uk/
nature/blueplanet/edge/

pegan sus tentáculos a su cuerpo para evitar la pérdida de agua. Muchas criaturas que están expuestas de manera regular a la marea, incluyendo las lapas, los mejillones y los percebes tienen una cubierta rígida externa que puede cerrarse firmemente para proteger su cuerpo del sol y del aire que podrían disecarlos.

Manteniéndose húmedo

Los animales que no pueden esconderse de los extremos en la orilla deben encontrar otras maneras de soportar las amenazas de la marea baja. Las algas marinas tienen una cubierta delgada resbalosa que evita que sus frondas se sequen, mientras que las anémonas gelatinosas

EL ALGA MARINA DE RUINA TIENE UNOS BOLSILLOS LLENOS DE AIRE QUE LE AYUDAN A FLOTAR FUERA DE LAS ROCAS CUANDO ENTRA LA MAREA.

Refugio rocoso

Las piscinas de agua salada que se acumulan entre las rocas proporcionan un refugio para diversas especies, desde los peces pequeños y los langostinos, hasta las estrellas y las algas marinas.

UNA LAPA ENCUENTRA UN SOLO AGUJERO HUECO EN LA ROCA Y SE SOSTIENE CON SU "PIE" MUSCULAR.

PARTE INFERIOR DE LA CONCHA

PIES AMBULACRES

PIE

ESPINAS

Estos "mini" mares evitan que se deshidraten, pero no son lugares completamente exentos de peligro. El brillo solar intenso transforma rápidamente la fresca alberca en la roca en un baño

LOS PIES AMBULACRALES DE LA ESTRELLA MARINA LE PERMITEN AGARRARSE A LAS SUPERFICIES Y ARRASTRARSE POR EL SUELO DEL OCÉANO. LOS PIES AMBULACRALES TAMBIÉN CAPTURAN A LAS PRESAS Y TOMAN EL OXÍGENO DEL AGUA.

LAS LAPAS PUEDEN SOBREVIVIR AÚN PERDIENDO 80 POR CIENTO DE LOS FLUIDOS DE SU CUERPO

caliente, de modo que los habitantes de las rocas necesitan manejar una vasta variedad de temperaturas. Deben enfrentarse a los cambios en la salinidad y la acidez ocasionados por la lluvia y por el agua que se evapora en la superficie de la piscina.

Agárrate
Para los animales y plantas de la orilla del mar es esencial poder aferrarse con fuerza a las rocas para evitar ser arrastrados cuando las olas chocan en ellas y retroceden con rapidez.

Las estrellas y los erizos marinos tienen en su cuerpo varios cientos de proyecciones

musculares diminutas, llamados "pies ambulacrales". En conjunto, los pies ambulacrales pueden ejercer una fuerza tremenda. Por otro lado, las lapas se agarran con la succión de un solo "pie".

LOS PERCEBES USAN SUS PATAS PARA PATEAR LA COMIDA HACIA SU BOCA. DURANTE LA MAREA BAJA, METEN SUS PATAS EN LA CONCHA Y LA CIERRAN.

MULTITUDES DE LISAS SE APAREAN Y
DEPOSITAN SUS HUEVOS EN LA RESACA
CUANDO LA MAREA ES MÁS ALTA.

Hay una amplia variedad de medios para aferrarse. Los mejillones se anclan usando manojos de filamentos pegajosos, mientras que los percebes con cuello de ganso tienen un tallo largo que los pega con firmeza a su sitio. Las algas marinas usan una estructura similar a las raíces, llamada apéndice de adhesión, para aferrarse a las rocas. Los lumpos y los pejesapos están equipados con ventosas para agarrarse con fuerza cuando las cosas se ponen duras.

Cena en la playa
Las olas y las mareas no son las únicas malas noticias.

En la marca de la marea alta, las olas depositan todo tipo de restos de animales y plantas muertos en descomposición en un punto llamado borde de la playa.

La mayoría de las criaturas de la orilla no pueden llegar a este alimento en descomposición; los saltadores de la arena, similares a los camarones, son una excepción. Durante el día, se ocultan bajo las pilas de algas marinas húmedas, y salen a comer por la noche, cuando el aire es fresco y húmedo. Los caracoles de Sudáfrica también visitan el borde de la playa usando su pie en forma de arado para subir y bajar con la marea.

En la cima de la rivera
Un pez interesante, llamado lisa, deposita sus huevos en la cima de la ribera, en el límite de la marea más alta, llamada marea viva. Aquí, los huevos no llaman la atención de los predadores que están más abajo en la rivera.

AL IGUAL QUE LAS PLANTAS DE MONTAÑA,
LAS PLANTAS DE RISCO, COMO EL CÉSPED
DE OLIMPO, CRECEN CON FRECUENCIA
EN PARTES BAJAS PARA EVITAR LA
FUERZA DEL VIENTO.

Pueden desarrollarse más rápido en la playa cálida que en el agua. Nacen aproximadamente en dos semanas, el tiempo necesario para que la siguiente marea arrastre al bebé hacia el mar.

Hogares elevados

Los empinados riscos que se elevan en muchas playas ofrecen a las aves marinas, como los pájaros niño, los fulmares y las gaviotas, un lugar seguro para depositar los huevos. Vastas colonias de estas aves se reúnen en los bordes de los riscos para criar a los jóvenes.

Los pájaros niño depositan sus huevos en la roca desnuda, sin construir un nido. Los huevos son angostos en un extremo y gordos en el otro, de modo que giran en círculos y no caen del risco hacia el mar. Las aves que hacen nido maltratan las plantas del risco pisoteándolas y cubriéndolas con excremento. Pero el mayor

problema para las plantas de los riscos es la falta de agua fresca. La lluvia se evapora con rapidez o se escurre a través de las rocas. Algunas plantas, como el perejil de mar, almacenan agua en sus hojas gruesas. Otras como el césped de Olimpo tiene hojas angostas como agujas para reducir la pérdida de agua con el aire.

ESTA COLONIA DE PÁJAROS NIÑO ANIDAN EN LA EMPINADA CARA DE UN RISCO

SUPERVIVENCIA SALADA

La mayoría de los animales y plantas necesita un poco de sal en su cuerpo para mantenerse saludables. Pero mucha sal puede afectar su química interna y, en casos extremos, ser fatal. Imagina que riesgo viven los animales que están en ambientes muy salados, como los océanos, las salinas y los lagos salados. Para sobrevivir, estos animales y plantas deben evitar consumir la sal no deseada, o encontrar formas de expulsarla.

Lagos salados y camarones
Hay un lugar en la tierra donde el agua es tan salada que nada puede sobrevivir en ella. El Mar Muerto, entre Israel y Jordania. El agua tiene más de 30 por ciento de sal; ¡alrededor de 10 veces más salado que el agua de mar! Otras aguas muy saladas son el Great Salt Lake en Norteamérica y los lagos salados del este de África, como el lago Nakuru y el lago Bogoria. Los lagos salados se forman en lugares donde la lluvia es muy escasa y las tasas de evaporación elevadas.

EL CAMARÓN DE SALMUERA EXPULSA EL EXCESO DE SAL DE SU CUERPO A TRAVÉS DE UNAS ÁREAS ESPECIALES EN SU PATAS.

Pocos animales pueden soportar las duras condiciones, pero aquellos que sí pueden, los hay en grandes cantidades, pues no hay mucha competencia.

Uno de los habitantes más comunes de los lagos salados es el camarón de salmuera que se alimenta de algas y bacterias del agua. Se reproducen muy rápido, una hembra puede poner 300 huevos cada cuatro días. Si el agua se vuelve muy salada, o si su contenido de oxígeno comienza a bajar, cada huevo desarrolla una capa protectora, llamada quiste, en la que espera a que pasen los tiempos difíciles. Cuando las condiciones mejoran, las hordas de camarones comienzan a nacer proporcionando alimento saludable a los pocos predadores de lago salado. Entre estos se incluyen algunos peces e insectos y muchas aves acuáticas como los flamencos, gaviotas, los

EN LOS LAGOS SALADOS, LOS FLAMENCOS SE REUNEN EN MILLONES PARA HACER SUS NIDOS. SE ALIMENTAN DE ALGAS, BACTERIAS Y CRIATURAS ACUATICAS DIMINUTAS COMO LOS CAMARONES DE SALMUERA.

EN TIERRA, LAS LÁGRIMAS SALADAS DE UNA TORTUGA MARINA PUEDEN SECARSE EN SU CARA; EN EL MAR SE LIMPIAN CON EL AGUA.

fosas nasales y gotea hacia la punta del pico.

Algunas aves marinas, incluyendo los petreles, prefieren un "estornudo" que un "goteo" para expulsar la solución salina en una lluvia de gotitas.

colimbos y las avocetas.

E stornudo salado

Las aves marinas y las que visitan los lagos salados tienen unas glándulas especiales justo sobre los ojos para expulsar el exceso de sal. Las glándulas secretan una solución salina que se destila por las

R emedios de reptiles

Los reptiles marinos, como las tortugas y los cocodrilos, también tienen que lidiar con el problema de la sal. Las tortugas no pueden estornudar la sal no deseada. Pero no se preocupan por ello,

LOS FLAMENCOS SON ROSADOS POR COMER CAMARONES DE SALMUERA Y ALGAS

LOS PETRELES CONSUMEN SAL CUANDO SE ALIMENTAN DE PECES, PLANCTON Y OTRAS CRIATURAS DEL MAR, CHORREAN EL EXCESO DE SAL POR SUS FOSAS NASALES.

pues "lloran" lágrimas muy saladas para regular los niveles de sal.

En lugar de las lágrimas o los estornudos los cocodrilos usan su lengua. Más de 40 glándulas especiales en la parte trasera de la lengua del cocodrilo producen una solución salina muy concentrada que le permite expulsar la sal sin perder mucha agua. Lo extraño es que los cocodrilos de agua dulce también tienen glándulas saladas; ¿será que sus ancestros vivieron en el mar hace millones de años?

Grandes riñones

Los mamíferos marinos, como las ballenas y los delfines, usan sus grandes riñones para controlar su contenido de sal. Los riñones producen grandes cantidades de orina concentrada, de modo que la expulsan cuando orinan. No es raro que los riñones de los delfines de río, que viven en agua dulce sean más pequeños y menos complejos que los de sus parientes de agua salada.

Soluciones de peces

El agua de mar tiene una concentración de sal mayor a la de los fluidos corporales de los peces marinos. Esta diferencia

LOS COCODRILOS DE AGUA SALADA VIVEN EN LOS ESTUARIOS Y EN LAS AGUAS COSTERAS; EN OCASIONES SE LES VE EN MAR ABIERTO, LEJOS DE TIERRA.

en la concentración succiona la humedad del cuerpo del pez mediante un proceso llamado osmosis. La única manera como un pez puede reemplazar el agua que pierde y evitar deshidratarse es beber agua de mar. Luego el pez extrae la mayor parte de la sal del agua y la expulsa a través de sus branquias.

Los peces viven en agua dulce o en agua salada, pero pocas

LA SOSA (EN EL PRIMER PLANO DE ESTA SALINA) FUE QUEMADA Y SUS CENIZAS USADAS PARA HACER VIDRIO.

especies pueden moverse entre las dos. Por ejemplo, el salmón pasa la mayor parte de su vida en mar abierto, pero hace un largo viaje hacia los ríos para procrear. Las anguilas hacen el recorrido inverso; dejan su casa en el agua dulce para poner sus huevos en el mar. En ambos casos, el pez puede modificar lentamente su química corporal para adaptarse a aumentar o reducir la salinidad del agua.

MUNDO EXTRAÑO

ANTES DE DESCUBRIRSE QUE LAS ANGUILAS EMPEZABAN SU VIDA EN EL MAR, ALGUNAS PERSONAS PENSABAN QUE CIERTO TIPO DE ESCARABAJO PRODUCÍA CAMADAS DE ANGUILAS BEBÉS.

Estrellas de la salina

Las salinas y los estuarios (boca de río) son lugares costeros donde se unen el agua dulce y la salada. Las plantas que viven en estos lugares se enfrentan a la escasez continua de agua dulce; no pueden "beber" el agua salada y la única agua dulce que reciben es de la lluvia. Por ello son expertas en la conservación de la humedad como las plantas desérticas.

La sosa tiene hojas escamosas y una superficie acerada para evitar que el agua salga.

También almacena agua en su tallo hinchado, como un cactus y tiene una membrana especial que cubre sus raíces para evitar que la sal se introduzca.

Magia de mangles

Los pantanos de mangle que se encuentran en las costas tropicales son el hogar de árboles sorprendentes que pueden soportar las altas concentraciones de sal. Algunos mangles tienen filtro de sal en sus raíces, como la sosa. Otros tienen unas glándulas especiales en sus hojas que desprenden la sal. Como por arte de magia, el mangle transporta la sal desde sus raíces hacia las hojas viejas, que caen del árbol llevándose la sal consigo.

Por ello, la próxima vez que eches sal en tu comida, piensa en cuánto trabajo pasan algunas plantas y animales para deshacerse de ella.

MUCHOS ÁRBOLES DE MANGLE TIENEN 'RAÍCES DE APOYO' ARQUEADAS, QUE SALEN DEL TRONCO PARA AYUDAR AL EQUILIBRIO Y PARA SOSTENER EL ÁRBOL EN LAS MAREAS Y EL SUAVE LODO.

LAS ANGUILAS PASAN ENTRE 5 Y 15 AÑOS EN RÍOS, CANALES O ESTANQUES Y LUEGO VIAJAN HASTA 3,000 KM PARA PONER SUS HUEVOS EN EL MAR.

ASILOS ISLEÑOS

Distribuídas por los océanos del mundo hay millones de islas pequeñas. Algunas creadas cuando los volcanes submarinos emergieron del agua, otras cuando los arrecifes de coral quedaron expuestos y formaron tierra seca. Las plantas y animales que colonizan una isla recién nacida descubren que están exentas de muchas de las dificultades que enfrentan en su hábitat natural, como los predadores, los parásitos, las enfermedades y los competidores.

Colonizando nuevas tierras

Las semillas y esporas del pasto, helechos, hongos y musgos, al igual que algunos insectos, son tan pequeños que pueden ser transportadas por el viento. Las aves pueden volar hacia ellas y transportar las semillas más grandes, quizás pegadas a sus picos o patas, o atrapadas entre sus plumas. Las semillas en el estómago de las aves también se depositan en la isla al defecar. Otras semillas toman la ruta del océano, viajando con la corriente.

Los maderos y vegetación flotantes proporcionan una plataforma de viaje para que otros animales lleguen a la isla. Lagartos, tortugas y otros reptiles son navegantes valerosos, capaces de sobrevivir largos

LOS COCOS PUEDEN MANTENERSE VIVOS EN EL MAR POR CUATRO MESES, DURANTE LOS CUALES PUEDEN VIAJAR CIENTOS DE KILÓMETROS.

LAS TORTUGAS GIGANTES PUEDEN PESAR MÁS DE 227 KG. EN EL PASADO SE LES MATABA POR SU CARNE.

viajes sobre dichas balsas con criaturas más pequeñas como caracoles o arañas como única compañía. Muchos mamíferos terrestres son demasiado grandes para estos viajes y las ranas y otros anfibios no son buenos navegantes marinos, pues no toleran el agua de mar.

Gigantes de las islas

Una vez establecidas, las especies de las islas deben adaptarse a sus nuevos hábitats. Algunos reptiles isleños, como las tortugas gigantes de Aldabra, en el Océano Índico, y de las Islas Galápagos, en el Pacífico, crecen mucho. Ser grandes, con una reserva mayor de grasa, les hace más capaces de sobrevivir los veranos secos de estas islas, cuando hay poco

MUNDO EXTRAÑO

EN 1963, UNA ERUPCIÓN VOLCÁNICA CREÓ LA ISLA ISLANDESA DE SURTSEY. CUATRO AÑOS MÁS TARDE SE DESCUBRIÓ QUE AHÍ VIVÍAN 23 ESPECIES DE AVES, 22 DE INSECTOS Y MUCHAS PLANTAS DIFERENTES.

alimento y agua. Pero hay, quizás, una razón más simple: al no haber predadores que las ataquen ni competidores por el alimento, las tortugas sólo siguieron creciendo.

Un gigante que da más miedo es el carnívoro llamado Dragón Komodo, el lagarto más grande

S obrevivir por el aislamiento

En ocasiones, las islas se forman cuando las masas de tierra se separan lentamente o cuando el nivel del mar sube, separando a los animales de sus parientes en tierra firme. Algunos animales y plantas que estaban en peligro de extinción a causa de los

LA TORTUGA GIGANTE DE VIDA MÁS LARGA QUE SE HA REGISTRADO VIVIÓ 152 AÑOS

del mundo, que puede medir hasta 3m de largo. No hay otros carnívoros grandes en las pocas islas de Indonesia donde vive el dragón Komodo. Es probable que el lagarto se haya desarrollado para llenar el "espacio" en la cadena alimenticia, para que pudiera cazar mamíferos grandes como los cerdos y los ciervos.

predadores y los competidores han logrado sobrevivir en el aislamiento de las islas. Uno de estos es el tuatara, una criatura similar a un lagarto que sólo se encuentra en algunas islas de Nueva Zelanda. El tuatara es el único miembro viviente de un grupo de reptiles

EL DRAGÓN KOMODO ES UN PREDADOR FORMIDABLE QUE CAZA ANIMALES COMO CERDOS, CIERVOS Y CABRAS. SE SABE INCLUSO QUE ATACA A LA GENTE.

NAVEGA...
www.terraquest.com/
galapagos/wildlife/intro.html

que desapareció hace alrededor de 65 millones de años. Con frecuencia se le describe como un "fósil viviente".

Especies únicas

Otro efecto del aislamiento es que un solo animal

EL LÉMUR DE COLA RAYADA DE MADAGASCAR COME FRUTA, HOJAS, CORTEZA Y PASTO; VIVE EN GRUPOS DE HASTA 30 MIEMBROS.

puede evolucionar hacia una variedad de especies nuevas para aprovechar al máximo los diferentes alimentos y hábitats disponibles. Por ejemplo, los lémures son primates que sólo se encuentran en Madagascar, una isla de la costa este de África. Llegaron hace alrededor de 50 millones de años y sus primos de tierra firme se extinguieron tiempo después. Hoy en día hay 50 o más especies diferentes de lémur, todos descendientes de los colonos originales.

Pinzones famosos

Sin duda, el ejemplo más famoso de esto es el pinzón de las Islas Galápagos. Hace muchos miles de años, una bandada de pinzones que comían semillas llegó a las islas, probablemente arrastrada por una tormenta. En ese momento, no había en las islas otras aves que comieran insectos o fruta, y mucho menos que sacara gusanos de la corteza de los árboles. Con el tiempo, los pinzones evolucionaron y formaron diferentes especies que viven en lugares diferentes, con picos de diversas formas para aprovechar los diferentes tipos de comida.

57

Actualmente hay 14 especies de pinzón incluyendo el pinzón carpintero que no se preocupó en cambiar su pico, pero usa una espina de cactus para agarrar gusanos de la madera podrida.

recién formadas islas de Hawaii. Desde entonces, las madias han florecido y evolucionado en alrededor de 30 especies únicas, desde arbustos chaparros hasta árboles de 7.5m de altura. Uno

LA HOJA PLATEADA VIVE 15 AÑOS, PERO SÓLO FLOREA UNA VEZ ANTES DE MORIR.

El triunfo de las madias

No sólo los animales han desarrollado especies isleñas únicas. Las semillas de madia de California, E.U.A. llegaron a las

de estos es la sorprendente hoja plateada que sólo se encuentra en el cráter Haleakala en la isla hawaiana de Maui.

Olvidaron cómo volar

Algunas aves de las islas han perdido la habilidad de volar. Entre estos se incluye el kakapo, el takahe y el kiwi, originarios de Nueva Zelanda, y el cuervo marino de las Galápagos.

POR VIVIR EN LOS BARCOS, LAS RATAS PUDIERON DISTRIBUIRSE POR MUCHAS ISLAS, CONFORME LOS VIAJEROS Y LOS EXPLORADORES NAVEGABAN POR LOS OCÉANOS DEL MUNDO.

Volar implica mucha energía y es muy útil para escapar de los predadores o para encontrar alimento. Sin embargo, estas aves tienen el alimento a su alcance en las islas y no hay predadores de los que huir, ¿para qué volar?

Éxito frágil

Las criaturas de las islas no tienen todo a su favor. Se vuelven extremadamente vulnerables cuando los humanos alteran el equilibrio de la isla introduciendo nuevas especies. Los animales que no pueden defenderse o escapar cuando se ven amenazados pueden ser eliminados por carnívoros como los gatos y los perros. Los animales de pastura como las cabras y los conejos también devoran sus recursos. Y los humanos cazan animales para comer.

En el siglo XVII, los marineros europeos que visitaban la Isla

EL KIWI, QUE NO VUELA, VIVE EN AGUJEROS. EN OCASIONES ES PRESA DE PERROS SALVAJES, GATOS Y ARMIÑOS QUE INTRODUJERON LOS HUMANOS.

Mauricio en el océano Índico exterminaron al dodo, un pichón grande que no volaba. El dodo era una comida fácil de capturar. Un rápido golpe en la cabeza y, listo, ya está la cena. Incapaz de escapar de los marineros, o de proteger sus huevos de la atención de perros y ratas, el pobre dodo se extinguió con rapidez.

EN EL FONDO DEL OCÉANO

Abajo, en el suelo del fondo del océano, la obscuridad, el frío helado y la enorme presión del agua aplastaría a una persona como al cascarón de un huevo. El alimento es escaso, pues el plancton –plantas y animales microscópicos que alimentan a los animales cercanos a la superficie– no puede sobrevivir a esta profundidad. Unos dientes enormes, cuerpos extraños y efectos de iluminación integrados ayudan a los habitantes del fondo del océano a sobrevivir contra las adversidades.

Bajo presión

A una profundidad de 1,000 m, la presión es alrededor de 100 veces mayor que en la superficie. Los animales de las profundidades (no hay plantas, ya que no hay luz

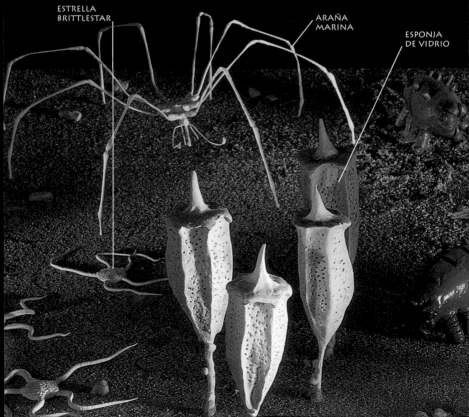

ESTRELLA
BRITTLESTAR

ARAÑA
MARINA

ESPONJA
DE VIDRIO

y no pueden fotosintetizar) contienen proteínas especiales que permiten que su cuerpo funcione mejor bajo la presión extrema. La mayoría tienen también carne acuosa, pues los líquidos resisten la compresión.

En el fango
Muchos habitantes del fondo del océano se alimentan de desperdicios (excremento y restos de plantas y animales muertos) que escurren desde arriba. Los pepinos y los gusanos marinos mastican a través del suelo lodoso para extraer partículas de comida. Las plumas marinas y las esponjas de vidrio se levantan sobre el lodo,

filtrando fragmentos de alimento del agua. Estos comedores de desperdicios generan bacterias en sus entrañas que les ayudan a digerir la comida.

Caminantes del lodo
Para evitar hundirse en el lodo, algunos peces y crustáceos del fondo (como cangrejos y camarones) tienen patas largas o

LA MAYORÍA DE LOS ANIMALES DEL SUELO DEL OCÉANO SE ALIMENTAN DE DESPERDICIOS QUE BAJAN FLOTANDO. OTRAS CRIATURAS SE ALIMENTAN DE ESTOS COMEDORES DE DESPERDICIOS.

PLUMA MARINA

PEZ TRÍPODE

ESPONJA CANASTA DE FLORES VENUS

finas para distribuir el peso sobre una vasta superficie. El pez trípode tiene tres patas largas y tiesas para sostener su cuerpo sobre el lodo, evitando así levantar nubes lodosas al avanzar en busca de una presa.

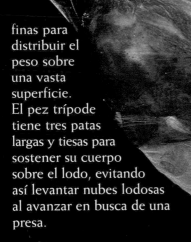

EL TRAGADOR NEGRO TIENE MANDÍBULAS ANCHAS Y UN ABDOMEN MUY ELÁSTICO PARA LIDIAR CON LAS COMIDAS GRANDES.

C recimiento lento

La mayoría de los peces de las profundidades son predadores. Pero los encuentros con sus presas son pocos y muy distantes, de modo que deben intentar minimizar el consumo de energía entre comidas. Por lo regular, son peces pequeños, pues los grandes no podrían sobrevivir con tan poco alimento. Su cuerpo funciona lentamente, lo cual implica que también crecen lentamente, pero tienden a vivir más tiempo. Para consumir menos energía , tienen esqueletos y órganos corporales ligeros. Y no hay corriente para nadar en contra, de modo que sólo necesitan algunos músculos para impulsar su cuerpo por el agua.

EL CUERPO DE ESTE DIENTES DE NAVAJA ESTÁ CUBIERTO DE POROS QUE PUEDEN DETECTAR LOS MOVIMIENTOS DE SU PRESA.

Armado hasta los dientes

Puesto que son nadadores débiles, los peces del fondo del océano no gastan sus energías cazando a su presa. La mayoría son cazadores que esperan dando vueltas en el agua con la boca abierta.

pejesapo que en su estómago tenía una anguila de profundidad, dos bocas quebradizas, cinco camarones y un pez hacha. Los peces pejesapo y otros cazadores tienen un señuelo brillante, como una caña de pescar, que usan para

A 600M DE PROFUNDIDAD, EL OCÉANO ESTÁ EN TOTAL OBSCURIDAD

EL PEZ DE LUZ INTERMITENTE TIENE UN ÓRGANO DE LUZ BAJO CADA OJO. USA UNOS "OBTURADORES" DE PIEL OBSCURA PARA PRENDERLOS Y APAGARLOS

atraer la presa hacia sus afilados dientes.

Tienen mandíbulas enormes para atrapar cualquier cosa que se cruce en su camino, sin importar el tamaño. Las mandíbulas cavernosas están, casi siempre, llenas de dientes afilados curvos hacia atrás para evitar que la presa se escape. Muchos de estos predadores tienen estómagos muy elásticos que pueden expandirse para guardar comidas tan grandes como ellos mismos. Se encontró un pez

Los productores de luz

Si quieres luz en las profundidades, debes hacerla tú mismo. Más de la mitad de las criaturas del fondo del mar producen su propia luz, por lo regular de color. Lo hacen con unos órganos de luz especiales a los lados de su cabeza, en sus flancos o en el extremo de una aleta. Estos órganos producen luz mediante reacciones químicas o a través de bacterias luminosas que brillan todo el tiempo. Otros peces pueden prender y apagar su luz deslizando una cortina de piel por el órgano de luz o restringiendo el abastecimiento

MUNDO EXTRAÑO

ES PROBABLE QUE POR LO MENOS HAYA UN MILLÓN DE ESPECIES DE CRIATURAS MARINAS SIN DESCUBRIR EN EL LODO DEL SUELO DEL FONDO DEL OCÉANO. ¡ALGUNOS CIENTÍFICOS PIENSAN QUE PODRÍA HABER HASTA 100 MILLONES!

luminosos. Aquí, muchas criaturas tienen ojos pequeños que no pueden detectar mucho más que luz y obscuridad, otros no tienen ojos. Para compensar esta ceguera total, o casi, tienen órganos

de sangre entre las bacterias.

El pez que brilla en la obscuridad utiliza sus luces para mantener un banco unido, para confundir o sorprender a

EL PEZ COLA DE RATA USA SUS BARBILLAS CARNOSAS PARA DETECTAR, POR TACTO, LAS CRIATURAS PEQUEÑAS.

un predador o para encontrar pareja y alimento. Si es un pez que nada hacia las aguas de profundidad media, ligeramente iluminadas, las usa como camuflaje. Los órganos de luz en la parte inferior de su cuerpo le ayudan a descomponer su silueta, haciendo que sea más difícil para los predadores distinguirlos desde abajo.

Sentidos en la obscuridad

En la obscura profundidad, la única luz surge de estos animales

sensibles al tacto que pueden detectar químicos en el agua. Algunos pueden sentir las minúsculas corrientes eléctricas que producen los músculos de otros animales al contraerse. Otros pueden encontrar su presa por ecolocalización (página 18). Por ejemplo, las ballenas esperma bajan hasta 1,000 m rastreando un calama gigante guiadas por ecolocalización.

Sosteniéndose

Encontrar pareja no es fácil en la obscuridad, de modo que cuando el pez pejesapo macho encuentra una hembra,

Con el tiempo no es más que una bolsa que produce esperma. Sigue respirando por sí mismo, pero todo el alimento que necesita lo recibe de la sangre de su compañera. Unidos de esta forma, el macho fertiliza los huevos de la hembra por el resto de su vida juntos. Los huevos contienen gotas de aceite para que floten hacia la superficie antes de romperse, así las larvas pueden alimentarse de plancton. Cuando las larvas están listas para convertirse en adultos, bajan hacia las profundidades.

se asegura de no perderla. En cuanto distingue el brillo parpadeante de una hembra o siente su esencia en el agua, el pequeño pejesapo nada hacia ella y muerde su estómago. Mientras cuelga de ella con sus mandíbulas, su cuerpo se fusiona con el de ella.

HEMBRA

MACHO

LOS GUSANOS TUBÍCOLAS DE LOS RESPIRADEROS ESTÁN LLENOS DE BACTERIAS QUE LES DAN SUS QUÍMICOS NUTRITIVOS.

Respiraderos hidrotérmicos

Ya te habrás dado cuenta de que el fondo del mar es un lugar muy extraño. En el suelo del océano, más de 2,000m debajo de las olas, comunidades extrañas de animales se agrupan alrededor de unas cosas llamadas respiraderos hidrotérmicos. Los respiraderos están donde las rocas subterráneas calientan el agua que se filtra a través de las grietas en el suelo. Nubes de agua muy caliente, con temperaturas de 350°C o más, salen disparadas de las grietas transportando minerales disueltos en las rocas. Estas nubes ricas en minerales se ven como humo y salen de unas estructuras parecidas a una chimenea que se forma por la acumulación de minerales.

Las bacterias se desarrollan en el calor y usan sulfuro de los minerales del agua como fuente de energía. A cambio, proporcionan alimento a animales como los cangrejos, las anémonas, los mejillones, las almejas gigantes y los gusanos tubícolas. Estos animales de los respiraderos llegan a ser inusualmente grandes. Por ejemplo, los gusanos tubícolas alcanzan los 3 m de longitud.

TORRES DE LAS CHIMENEAS DE LOS RESPIRADEROS, ENTRE 15 Y 20 METROS SOBRE EL SUELO DEL OCÉANO.

Los respiraderos hidrotérmicos se descubrieron hace apenas 25 años y los científicos siguen intentado entender como sobreviven las comunidades que ahí viven. Los respiraderos tienen una vida limitada –quizás de 50 años– ¿qué ocurre con los animales cuando las "chimeneas" dejan de echar humo? Es posible que los animales produzcan larvas diminutas que nadan a otros respiraderos lejanos. Cómo los encuentran es un misterio que aún no resuelven los investigadores. Por el momento, es probable que sepamos más acerca de la luna que sobre el fondo del mar.

EN LA OBSCURIDAD

O jos como platos, orejas enormes, largas antenas y otros sensores especiales como estos ayudan a los animales a sobrevivir en la noche o en las cuevas y agujeros obscuros. Para nosotros, la obscuridad es un mundo de sombras misteriosas y de aterradores sonidos. Pero muchos animales la prefieren. En ella pueden ocultarse de los predadores o sorprender a una presa. Incluso pueden encontrar protección del calor del sol.

UNA LECHUZA LEONADA PUEDE VER A SU PRESA EN ENTORNOS 100 VECES MÁS OBSCUROS QUE AQUELLOS EN LOS QUE NOSOTROS PODEMOS VER.

Criaturas de la noche

En cualquier hábitat, más animales pueden sobrevivir si algunos están activos durante la noche y otros durante el día. Esto equilibra la competencia por el alimento y por el espacio. Por ejemplo, el Douroucoulis (simio nocturno) se alimenta de frutas durante la noche mientras los demás simios duermen. Si el Douroucoulis saliera de día los simios más agresivos le robarían su comida.

Algunos cazadores se han adaptado al uso de la obscuridad en su ventaja, de modo que pueden cazar estas criaturas nocturnas. Las lechuzas, por ejemplo, tienen un oído admirable y unas plumas suaves con flecos que les permiten volar silenciosamente mientras buscan víctimas. Cazadores más grandes y peligrosos —al menos para nosotros— son los felinos, como los leones, los tigres y los leopardos. Sus patas esponjosas les ayudan a caminar tan silenciosamente que las presas no se dan cuenta de que están a punto de ser atrapadas.. y comidas.

EN LOS LUGARES CÁLIDOS, POR LA NOCHE, ES FRECUENTE ENCONTRAR A LOS GECOS EN LAS CASAS. SE CUELGAN DE LOS TECHOS Y LAS PAREDES CON SUS PATAS ADHESIVAS.

revolcándose en el lodo o en el agua para mantener su piel húmeda y fresca. Por la noche salen para masticar vastas cantidades del follaje que encuentran a su paso.

Piel delgada

En clima cálido, muchos animales son nocturnos (activos durante la noche) pues eso les permite evitar el calor del día. Para un animal de piel delgada que debe mantenerse húmedo para sobrevivir —como una babosa, una rana, o un geco (una especie de lagarto pequeño)— el aire caliente del día es un desastre. Sólo cuando refresca, después de la puesta del sol, pueden sentirse a salvo del aire que los seca y los lleva a una muerte por deshidratación.

Podría pensarse que la gruesa piel del hipopótamo lo protege del sol pero ¡sorprendentemente, puede quemarse! Pasan el día

Visión nocturna

¿Cómo se orientan los animales en la obscuridad? La noche no siempre es del todo obscura; por lo regular, está la luz de la luna y de las estrellas. Los ojos de las aves chotacabras son muy buenos para ver con esta luz tan tenue. Pueden distinguir la pálida silueta de su presa ante el cielo de la noche.

Muchos animales nocturnos, como las lechuzas y los tarseros (monos pequeños de Sudamérica), tienen ojos grandes, con pupilas y lentes grandes para dejar pasar la mayor cantidad de luz posible. En una especie de tarsero, un solo ojo puede pesar más que el cerebro del animal. Los ojos de los tarseros y de las lechuzas no pueden moverse en sus huecos.

Para compensar esto, pueden girar sus cabezas en círculo para ver detrás de ellos.

Algunos animales activos durante la noche, como los gatos, tienen un espejo interno en la parte trasera del ojo llamado tapetum. Éste refleja de nuevo la luz desde atrás del ojo hacia delante. La luz pasa dos veces por el ojo, de modo que el animal ve una imagen dos veces más brillante.

En las cavernas no hay luz y la visión de los ojos es inútil. Los peces y las salamandras de cueva son ciegos, pero se guían con un agudo sentido del tacto y del olfato y con una capacidad para sentir las vibraciones.

Viendo sin ojos

Algunas serpientes, como las serpientes loreales, las boas y los pitones, pueden "ver" en la obscuridad sin usar sus ojos. Para compensar su pobre visión, tienen órganos especiales en su cabeza llamados fosetas loreales. Éstos pueden detectar el calor corporal de los animales de sangre caliente, permitiéndoles encontrar su presa en total obscuridad.

Sonidos en la noche

La noche puede estar llena de crujidos, chillidos y graznidos mientras los animales se llaman unos a otros. Algunos de estos llamados son para atraer parejas, otros para ahuyentar a los rivales.

LA MAYORÍA DE LOS ANIMALES NOCTURNOS SÓLO PUEDEN VER EN BLANCO Y NEGRO

UNA BUENA VISIÓN NO LO ES TODO. LAS SERPIENTES LOREALES PUEDEN DETECTAR EL CALOR CORPORAL DE SU PRESA USANDO LAS FOSETAS LOREALES QUE TIENEN FRENTE A SUS OJOS.

LOS MURCIÉLAGOS SON CAPACES DE DETECTAR SU PRESA EN LA OBSCURIDAD USANDO UN SISTEMA DE "REFLEJO DEL SONIDO".

Las orejas largas y flexibles, de los zorros, los conejos y los murciélagos, son buenas para dirigir los sonidos hacia el oído. Algunos animales pueden incluso girar sus orejas para distinguir el origen del sonido.

Muchos murciélagos localizan su presa en la obscuridad "gritándole". Producen unos chillidos agudos y escuchan el eco que rebota en los insectos y regresa a sus orejas. Es similar a la forma como las ballenas esperma cazan calamares (página 64) y les permite localizar objetos tan pequeños como un cabello humano. Para no ensordecerse a sí mismos, "apagan" sus oídos durante el breve tiempo que toma producir cada chillido.

Olores en el aire

Muchos animales nocturnos usan su sentido del olfato para encontrar comida o pareja, o para detectar el peligro. Las polillas hembras sueltan unas poderosas esencias que los machos pueden detectar desde muy lejos con sus antenas. Una polilla emperador macho puede oler las parejas potenciales a hasta 11 km de distancia. Los escarabajos de estercolero también tienen un agudo sentido del olfato. Pueden detectar en el viento el aroma

MUNDO EXTRAÑO

LOS PECES DE CUEVA NACEN, POR LO REGULAR, CON OJOS, PERO LA PIEL COMIENZA A CRECER SOBRE ELLOS A LOS 13 DÍAS. DESPUÉS DE 52 DÍAS, ESTÁN COMPLETAMENTE CUBIERTOS.

ESTE
GRILLO
AFRICANO
TIENE LAS
ANTENAS
LARGAS Y
FLEXIBLES PARA
ENCONTRAR COMIDA Y
SENTIR SU CAMINO EN LAS
OBSCURAS CUEVAS.

del estiércol de vaca y de borrego fresco desde muchos kilómetros.

Las aves se fían más de sus ojos y de sus oídos que de su olfato. Sólo dos aves nocturnas, el kiwi y el guácharo son la excepción. El kiwi detecta gusanos e insectos en el suelo del bosque con unas fosas nasales en el extremo de su pico, mientras que los guácharos usan unas fosas nasales que tienen en la parte superior del pico para oler sabrosas frutas.

Sentimiento de contacto

El sentido del tacto es muy importante para las criaturas nocturnas y puede marcar la diferencia entre comer y ser comido. Unos bigotes largos permiten a algunos animales sentir los obstáculos cercanos mientras avanzan. Las ratas mole desnudas, que viven bajo tierra, tienen cabellos sensibles en todo el cuerpo para orientarse en sus agujeros. De la misma manera, las arañas

usan sus peludas patas para recoger las vibraciones que producen los insectos que quedan atrapados en sus redes durante la noche. Y las largas antenas de las cucarachas gigantes y de los grillos de cueva —que pueden medir hasta tres veces su cuerpo— les permiten encontrar la comida y evitar a los predadores en sus obscuras cuevas.

Señuelos de luz

Al igual que las criaturas del fondo del océano, algunos animales producen su propia luz usando reacciones químicas dentro de su cuerpo. Las larvas de algunos fungus gnat viven en tubos de mucosa suspendidos del techo de las cuevas. Cuelgan desde sus tubos unos hilos de seda largos y pegajosos y agitan sus colas brillantes. Brillando ligeramente en la luz, los hilos atraen a los insectos voladores que quedan atrapados en los hilos pegajosos. Las larvas bajan por los hilos y se dan banquete con sus presas. Las luces pueden ser usadas también para el romance. Los escarabajos luciérnaga atraen a sus parejas con luces intermitentes desde los órganos en su abdomen. Cada especie tiene su propio patrón de luces para poder reconocer a las luciérnagas de su tipo. Algunas hembras tienen un modo más macabro de usar su luz. Copian los patrones de otras especies y devoran al macho que llega buscando amor.

En ocasiones, las lechuzas brillan en la obscuridad, pero no deliberadamente. Sucede cuando unos hongos luminosos quedan atrapados entre sus alas. De modo que si ves una lechuza brillando en una noche obscura, no está tratando de llamar tu atención.

LAS RATAS MOLE DESNUDAS VIVEN EN AGUJEROS EN COMPLETA OBSCURIDAD. TIENEN BIGOTES Y CABELLOS SENSIBLES EN TODO SU CUERPO.

LA JUNGLA URBANA

Los animales han tenido millones de años para adaptarse a los hábitats naturales de la tierra, pero sólo algunos miles para ajustarse a la vida en las ciudades. Aquellos que no son exigentes, que no les importa el ruido o las luces y que están listos para aprovechar las oportunidades, pueden descubrir que las áreas habitadas tienen mucho que ofrecer. Y para algunas criaturas, la jungla urbana tiene algunas sorprendentes similitudes con sus hábitats naturales.

Nidos en la ciudad

Las plantas tienden a echar raíces dondequiera que tengan espacio. Pero además de los parques y jardines, nuestras ciudades modernas no parecen tener, a primera vista, muchos lugares adecuados para que los animales establezcan su hogar y críen. A pesar de esto, algunos animales han descubierto que los edificios y estructuras urbanos proporcionan lugares para hacer nidos similares a los de sus hábitats naturales.

MUNDO EXTRAÑO

ENTRE 1890 Y 1891, SE LIBERARON ALREDEDOR DE 100 ESTORNINOS EN EL CENTRAL PARK, EN NUEVA YORK. HOY EN DÍA, 110 AÑOS DESPUÉS, HAY MÁS DE 50 MILLONES EN NORTEAMÉRICA.

Para algunos halcones, por ejemplo, las ventanas y los tejados de los edificios altos se ven como las pendientes de los riscos en los que anidan. Un ave que antes anidaba dentro de árboles huecos, ahora lo hace felizmente en los tubos de ventilación y chimeneas que también le ofrecen abrigo y protección.

Para los murciélagos anidar en los áticos es igual que en las cuevas, mientras que las ratas habitan tuberías y alcantarillas, equivalentes urbanos a los agujeros en las orillas de los ríos. Los zorros pueden tener sus crías bajo los suelos de las casas. Estos espacios son secos y cálidos, igual que los cubiles que hacen en su hábitat; y hay espacio para que sus cachorros jueguen con seguridad.

Criaturas de refrigerador

Con frecuencia, los ratones viven en cavidades que hay entre las paredes, pero podrían hacerlo en cualquier lugar, incluso en los sacos de harina o de granos y en los refrigeradores de carne, donde la temperatura puede ser inferior a los -9°C. Estos ratones de congelador de carne

EN UN PUEBLO JUNTO AL MAR, AL ATARDECER, UNA BANDADA DE ESTORNINOS SE CONGREGA EN UN PUERTO PARA MANTENER EL CALOR.

han desarrollado una piel más gruesa para resistir sus frías moradas. Roen agujeros en las reses muertas para hacer sus nidos y los marcan con pedazos de tela para envolver la carne. Contentos en el congelador, los ratones no necesitan del otro beneficio de la vida urbana, el calor extremo.

ESTE MAPACHE HA DERRIBADO UN BOTE DE BASURA EN BUSCA DE ALGO QUE COMER.

Calor de las calles

Con frecuencia, las ciudades son varios grados más cálidas que el campo, sobre todo en la noche. Este calor se crea por las casas con calefacción, las oficinas y las fábricas, pero también por la forma como, durante el día, las construcciones y el pavimento absorben el calor que se libera durante la noche.

Durante el clima frío, las aves como los estorninos se congregan en las ciudades para disfrutar de este calor urbano. El calor de las ciudades también permite a animales como las ratas y los pichones procrear durante todo el año. Además, la calefacción ha permitido a criaturas como las cucarachas, que son de clima cálido, distribuirse por todo el planeta.

El estiércol húmedo puede ser un salvavidas urbano durante el invierno. El calor que producen los materiales en descomposición ayuda a los lagartos, los grillos y los lentos

ALGUNAS CIUDADES TIENEN IGUAL NÚMERO DE RATAS QUE DE PERSONAS

gusanos, que se arrastran bajo las pilas de podredumbre, a mantenerse vivos. Las serpientes, algunas veces, dejan sus huevos en la basura, pues el calor acelera el desarrollo de los huevos.

Basureros exitosos

Muchos animales urbanos cenan muy bien con la comida que desechamos o que derramamos.

Los mapaches y los zorros son expertos en escarbar en los botes de basura para buscar desperdicios comestibles. (¡Se ha sabido de algunos mapaches que entran en las cocinas y arrasan con los refrigeradores!) Por supuesto, la comida es muy diferente a la dieta que llevaban en su hábitat, pero han desarrollado gustos amplios para aprovechar

LAS VACAS VAGAN LIBREMENTE POR LAS CALLES
DE LOS PUEBLOS Y CIUDADES DE LA INDIA.

lo que ofrece el menú urbano. Entre los animales de basura hay cigüeñas, gaviotas, hienas, buitres, ratas y chacales. Incluso los osos polares han descubierto que la basura ártica está tan llena de sabrosas golosinas, que bien vale la pena una visita.

Mientras más amplio sea el rango de cosas que el animal come, mayores son las probabilidades de sobrevivir. Una razón por la que los ratones viven tan bien en la ciudad es que comen casi todo. Se ha sabido de ratones que mastican rarezas como el jabón, cables, papel y cera de velas.

¡Come de mi casa!

Tal vez no nos importe que se coman nuestra basura, pero es diferente cuando las animales se devoran nuestros hogares. Las larvas de los escarabajos de madera antes vivían de la corteza

ESTE RATÓN ESTÁ ROYENDO
UN CABLE ELÉCTRICO.

NAVEGA...
www.uvm.edu/
~maurizi/urban.html

de los árboles viejos, ahora mastican los muebles de madera y las vigas de las casas, casi siempre reduciéndolas a polvo. Las termitas ocasionan un caos similar en las regiones tropicales.

Explosión de la población

Como verás, muchos animales pueden vivir bien junto a nosotros en la jungla urbana. De hecho, los pichones y los gorriones caseros están tan bien adaptados a la vida urbana que es raro verlos en otro lugar. Pero si los animales se adaptan bien, se hacen tan numerosos que se vuelven pestes. Algunos, como las ratas, las cucarachas y los pichones, acarrean enfermedades, de modo que las autoridades necesitan tenerlos vigilados.

No ayuda que haya algunos predadores en las áreas urbanas. Los halcones peregrinos cazan pichones de ciudad, mientras que los gatos (gatos caseros que se han hecho salvajes) ayudan con la población de ratas y ratones. Un sólo par de ratas y su descendencia pueden tener 15,000 crías al año, de modo que se vuelve una tarea inalcanzable.

Para controlar la cantidad de animales de "peste", las autoridades usan químicos que los envenenan o evitan que se reproduzcan. Sin embargo, el cuerpo de los animales es muy adaptable y, después de un tiempo, terminan por crear una resistencia a estos químicos.

Privilegios especiales

No todos los animales urbanos tienen un tratamiento tan duro. En la India, los seguidores del Hinduismo consideran a las vacas y a los monos como sagrados, de modo que los respetan, los alimentan y les dan protección especial. De hecho, hay más monos en la India que en los bosques.

LOS HALCONES PEREGRINOS SE COLOCAN EN EDIFICIOS ALTOS Y LUEGO SE ARROJAN SOBRE LOS PICHONES EN PLENO VUELO.

DESTRUCTORES

El mayor reto de supervivencia que enfrentan las plantas y los animales en la actualidad es la interferencia humana. La población humana se ha duplicado en los últimos 40 años; para la mitad del siglo XXI habrá alrededor de 9 billones de nosotros. Hemos tomado casi todo el planeta, destruído lugares silvestres y contaminado el aire, el agua y el suelo. Actualmente es difícil para la fauna, pero probablemente será mucho peor.

Destructores de hogares

La destrucción del hábitat es una gran amenaza para la vida silvestre; si los animales y las plantas no tienen donde vivir no pueden sobrevivir. El "hogar" más importante para la vida silvestre es la selva tropical donde vive la mitad de las especies de plantas y animales de la Tierra. En una hectárea puede haber 200 especies de árboles, cientos de mamíferos, reptiles, anfibios y aves y miles de insectos. Pero la selva tropical está siendo destruida a una velocidad alarmante por su madera y para hacer espacio para la agricultura, la minería y otros usos.

La vida salvaje está relacionada más estrechamente a la selva tropical que a cualquier otro hábitat; ahí, cada especie ayuda a la supervivencia de las demás. Tomemos como ejemplo a la planta bromelia que crece en

LA FORMA DE LA BROMELIA CONDUCE LAS FRUTAS Y LAS HOJAS QUE CAEN A UNA PISCINA EN EL CENTRO DE LA PLANTA, DONDE SE PUDREN PARA PROPORCIONARLE NUTRIENTES.

lo alto de los árboles de la selva tropical. La lluvia se acumula en su centro y esta piscina en la cima de los árboles alberga insectos, gusanos y caracoles. Las ranas las visitan para depositar sus huevos. De modo que si una bromelia muere, también lo hacen muchos animales. Y cuando se corta un árbol de la selva tropical, también mueren los cientos de plantas y animales que dependen de él.

Problema de contaminación

Además de destruir las selvas tropicales, la gente ha arrancado pastizales y drenado pantanos para cultivar. Para los animales

LA MITAD DE LAS SELVAS TROPICALES DE MUNDO HA SIDO DESTRUIDA. CON EL RITMO ACTUAL DE DESTRUCCIÓN, TODA LA SELVA TROPICAL PODRÍA DESAPARECER DENTRO DE 40 AÑOS.

de los pastizales, como el perro de las praderas, y los animales de pantano, como los lagartos, ya no hay competencia por el limitado espacio que queda.

Pensarás que, exceptuando los pueblos del desierto, los humanos dejarían el desierto en paz, por ser tan cálido y seco. Pero aun ahí, conducen carros y motocicletas por diversión, dañando el frágil

suelo y destruyendo las plantas que los animales necesitan para sobrevivir.

Hasta la fecha, las regiones ártica y antártica son las que menos han sufrido a causa de los humanos, pues el clima es tan extremo que es difícil que la gente viva ahí. Pero el impacto de los humanos comienza a sentirse. Los ductos transportan petróleo y gas a través de la tundra ártica, obstruyendo las rutas de migración que los caribús han recorrido por miles de años. Y el aumento del número de turistas afecta la fauna polar y contamina el paisaje con sus desperdicios. Mientras tanto, el calentamiento de la tierra (causado por las emisiones de los carros y las fábricas) está derritiendo el hielo polar, amenazando el futuro de muchos animales, desde los osos polares hasta los pingüinos.

400 TIPOS DIFERENTES DE INSECTO VIVEN EN UN SOLO ÁRBOL TROPICAL

Peligros de la contaminación
Por todo el planeta, la vida silvestre está en riesgo a causa de la contaminación. Los arrecifes de coral necesitan agua limpia para sobrevivir, pero las obras de construcción en la costa arrojan un lodo fino, llamado cieno, que puede drenarse hacia el mar y estropear el coral.

El aumento en la temperatura del mar, como consecuencia del calentamiento de la tierra, también afecta el delicado equilibrio de la vida en los arrecifes de coral. El derrame de petróleo de los buques puede causar un daño irreparable en

LOS ARRECIFES DE CORAL ALBERGAN UNA RICA VARIEDAD DE FAUNA.

NAVEGA...

www.worldwildlife

.org/fun/kids.cfm

DESPUÉS DE UN DERRAME PETROLERO, LAS AVES MARINAS AFECTADAS PUEDEN SER LIMPIADAS CON AGUA JABONOSA. ALGUNAS QUEDAN TAN CUBIERTAS QUE NO PUEDEN SOBREVIVIR.

coníferas se ven afectados particularmente por la "lluvia ácida" que se produce cuando los gases contaminados se combinan con agua de lluvia. Esto puede cambiar la acidez de los suelos y los lagos con consecuencias letales para los árboles y los peces del área.

La contaminación crea agujeros en la capa de ozono, la banda de gas de la atmósfera que filtra los rayos ultravioleta de la luz solar. Sin esta protección, estos dañinos rayos pueden dañar las células de plantas y animales.

Supervivencia futura

Pero hay mucho que podemos hacer para ayudar a las plantas y los animales en

las criaturas marinas, incluyendo las aves y las nutrias. Un ave marina con sus plumas pegadas y llenas de petróleo no puede sumergirse para atrapar un pez y ya no esta protegida contra el frío y la humedad. También puede envenenarse si lo traga.

Al igual que el agua, estamos contaminando el aire. Algunos árboles no pueden crecer en áreas contaminadas, pues los agujeros de respiración de sus hojas se obstruyen con la mugre. Los árboles de

LA BASURA COTIDIANA PUEDE PONER EN PELIGRO LA VIDA DE LOS ANIMALES. ESTE ERIZO ESTÁ ATRAPADO EN UN EMPAQUE DE PLÁSTICO.

el futuro. Podemos empezar por causar menos contaminación. Reciclando materiales y usando con inteligencia los recursos limitados de la Tierra podemos evitar la destrucción de más lugares salvajes. Podemos crear leyes para evitar la caza de animales por su carne, su piel o su pelaje y que los coleccionistas los arranquen de su hábitat. También podemos limitar el turismo y las actividades de recreación que afecten la fauna.

S emillas de esperanza

Los científicos han establecido bancos donde se conservan semillas de plantas para poder salvarlas de la extinción. Muchos gobiernos han creado parques nacionales y reservas naturales donde las plantas y animales

pueden vivir y reproducirse con seguridad en su hábitat natural. Algunos animales en peligro de extinción son alimentados en zoológicos y luego liberados en su hábitat.

Medidas como éstas ya han salvado a muchos animales de su extinción, desde el oryx árabe (un antílope de desierto) hasta el mono titi león dorado. Hay esperanzas para el futuro, pero sólo si la gente está lista para enfrentar la supervivencia.

EN 1980, SÓLO QUEDABAN 100 MONOS TITI LEÓN DORADO EN SU HÁBITAT. GRACIAS A LA CREACIÓN DE UNA RESERVA NATURAL Y A LA PROCREACIÓN EN LOS ZOOLÓGICOS, AHORA HAY MÁS DE 1,000.

REFERENCIAS

Si ya terminaste de leer *Supervivencia,* o llegaste primero a esta sección, descubrirás que la información de las siguientes páginas es muy útil. Contiene todos los derechos y cifras, detalles de referencia y palabras raras y desconocidas que podrías necesitar. Hay también una lista de direcciones de sitios web, de modo que si quisieras navegar por la red o investigar un poco más, estas páginas te transformarán en un experto.

ESPECIES EN PELIGRO DE EXTINCIÓN

La Lista Roja de la Unión Internacional para la Conservación de la Naturaleza (IUCN) menciona más de 11,000 especies en peligro de extinción. Incluye 5,485 animales y 5,611 plantas.

CINCO ESPECIES DEL MUNDO CON UN RIESGO MÁS CRÍTICO:
Lagarto chino (*Alligator sinensis*)
Se le encuentra en las tierras pantanosas a lo largo de la parte baja del río Yangtsé.
Murciélago de fruta bonin (*pteropus pselaphon*)
Vive sólo en cinco islas pequeñas y remotas de Japón.
Pez guitarra brasileño (*Rhinobatos horkeli*)
Tipo de raya que se encuentra a lo largo de la costa sur de Brasil. Las cifras se redujeron 96 por ciento entre 1984 y 1994.
Águila filipina (*Pithecophaga jefferyi*)
Sólo quedan entre 350 y 650 aves de esta especie en Filipinas.
Kouprey (*Bos sauveli*)
Menos de 250 individuos de este animal, similar al buey, sobreviven en el sudeste de Asia.

OTRAS ESPECIES EN PELIGRO DE EXTINCIÓN:
Lince ibérico (*Lynx pardinus*)
Probablemente sólo sobreviven alrededor de 600, sobre todo en España.
Planta cántaro cañaveral de Alabama (*Sarracenia rubra alabamensis*)
Sólo quedan alrededor de 1,600 plantas en el estado de Alabama, al sur de E.U.A.
Mandrinette (*Hibiscus fragilis*)
Arbusto de flores rojas que se encuentra en la Isla Mauricio. Quedan cerca de 46 plantas.
Antílope tibetano o "chiru" (*Pantholops hodgsonii*)
Se encuentra en una meseta tibetana en China y en áreas pequeñas al norte de India y al oeste de Nepal. Las cifras podrían ser más bajas de 65,000.
Nutria brasileña gigante (*Pteronura brasiliensis*)
Se encuentra en las selvas tropicales y en las tierras pantanosas de Sudamérica.
Gorila de río Cruz (*Gorilla gorilla diehli*)
Sólo quedan entre 150 y 200 individuos en la frontera entre Nigeria y Camerún.
Delfín de Hector (*Cephalorhynchus hectori*)
Sólo se encuentra en las aguas de Nueva Zelanda.
Fossa (*Cryptoprocta ferox*)
Tipo de mangosta que se encuentra en las selvas tropicales de Madagascar, con una población inferior a los 2,500 individuos maduros.
Sturgeon (*Acipenseriformes*)
Amenazado por la caza furtiva y por el exceso de pesca en Europa del este, el mar Negro y las regiones caspias.
Agarwood (*aquilaria malaccensis*)
Árbol amenazado por el uso de la resina de su madera en medicina tradicional.

HECHOS Y PROEZAS DE SUPERVIVENCIA

Hechos de congelación
• La oruga oso lanudo de la región ártica puede pasar hasta 10 meses del año congelada a bajas temperaturas de −50°C o menos.
• Los pingüinos emperador antárticos machos se enfrentan a temperaturas de −60°C y a vientos helados de hasta 200 kmh mientras incuban sus huevos.
• La grasa de la ballena jorobada tiene entre 43 y 50 cm de grosor, más que la de cualquier otro animal.
• El pez hielo de la Antártida tiene más sangre que cualquier otro pez huesudo y un corazón tres veces mayor que late hasta 10 veces más rápido.
• Los líquenes en la Antártida crecen sólo 15 mm cada 100 años.

Héroes de las alturas
• La chova alpina tiene el récord por posarse en el lugar más alto: 7,000m en el Himalaya cerca del Monte Everest.
• Se ha encontrado al sapo común viviendo a 8,000m en el Himalaya, batiendo así el récord de la pika de orejas largas, el mamífero que vive más alto, que alcanza altitudes de hasta 6,130m.

Materia caliente
• La máxima temperatura corporal que la mayoría de los animales soporta es de entre 45 y 50°C. El gusano de Pompeya sobrevive en agua a 80°C alrededor de los respiraderos hidrotérmicos del océano. Algunas bacterias crecen a temperaturas de 113°C en los respiraderos del Océano Pacífico.

Desafiando a la sequía
• El árbol más resistente a la sequía es el baobab africano, que puede almacenar hasta 136,000 litros de agua en su tronco.
• El sapo pies espada de Norteamérica sobrevive la sequía enterrándose y viviendo de sus reservas de grasa. Puede mantenerse vivo así hasta por 9 meses.

Secretos del océano
• El pez de mayor profundidad conocido, *Abyssobrotula galatheæ*, se descubrió en el foso de Puerto Rico en el Océano Atlántico a una profundidad de 8,376 m. También hay microorganismos, pepinos marinos y gusanos que viven en lo más profundo del sedimento oceánico, a más de 10,500m bajo la superficie.

Maravillas de migración
• Las langostas del desierto migran en cantidades mayores a las de cualquier otra criatura terrestre. El mayor enjambre de langostas registrado tenía 10 billones de insectos.
• La migración más grande tiene lugar en el océano cada noche, cuando 1,000 millones de toneladas de criaturas de las profundidades viajan hacia la superficie para alimentarse.

TIEMPO DE VIDA DE ANIMALES Y PLANTAS

Pino de cono	5,000 años	Conejo	6-8 años
Escarabajo joya	30 años o más	Elefante	70-80 años
Abeto gigante	3,200 años	Armadillo	4 años
Canguro	Hasta 28 años	Pez lija espinoso	Más de 70 años
Liquen antártico	2,000 años	Ratón	3 años
Puercoespín	27 años	Anémona marina	60-90 años
Roble	1,500 años	Opossum de Virginia	1-2 años
Oso gris	25-30 años	Cisne	Hasta 70 años
Pino de piedra suizo	750 años	Hormiga obrera	1 año
Jirafa	20-25 años	Salamandras gigantes	Hasta 55 años
Tortugas (algunas)	Hasta 200 años	Musaraña	
Araña come aves	20-25 años	de cola larga	12-18 meses
Cactus saguaro	150 años	Carpa dorada	Más de 50 años
Hormiga reina	15 años	Amapola común	6 meses
Cocodrilos		Gorila	35-45 años
(algunos)	Hasta 100 años	Efímera adulta	Al menos 1 hora
León	15 años	Boa Constrictor	40 años
Ballena de aleta	90-100 años	Bacteria	Al menos 20
Oso hormiguero	14 años		minutos
Cacatúa	Más de 80 años	Caballo	20-40 años

MIGRACIÓN

Animal	Ruta de migración	Distancia recorrida anual
Terno ártico	Del Ártico al Antártico	40,000 km
Chorlito dorado	De Canadá a Argentina	24,000 km
Ballena gris	Del Ártico a California/Corea	18,000 km
Golondrina de granero	De Europa a África	12,000 km
Foca de Alaska	Del Ártico a Japón	6,600 km
Caribú Ártico	De Canadá a Costa oeste de Norteamérica	9,000 km
Anguila europea	De Europa al Atlántico oeste	5,600 km
Cucú	De Europa a África o al sudeste de Asia	4,500 – 12,000 km
Mariposa monarca	De Canadá a México	4,000 km
Cigüeña blanca	De Europa a África	2,000 – 10,500 km
Grulla de Numidia	De Siberia a la India	1,500 – 4,500 km

HÁBITATS SILVESTRES

POLAR Y TUNDRA

Animales
Oso polar, toro almizcleño, narval, morsa, lechuza de nieve, pingüino, foca de Weddel, zorro ártico, terno ártico, albatros, renos, alce, lobo, entre otros.

Plantas
Liquen, musgo, hierba penacho, sundew, amapola ártica, saxífraga púrpura, sauce ártico, pata de gallo glaciar, arándano.

Clima
Inviernos largos y fríos. Veranos cortos.

Temperatura
De –60°C en el invierno antártico a 10°C en el verano ártico.

Precipitación
25-40 cm al año, la mayor parte en forma de nieve o hielo. Poca lluvia.

MONTAÑA

Animales
Borrego de cuernos largos, oso gris, chinchilla, pika, yak, leopardo de nieve, marmota, llama, águila dorada, cóndor de los Andes.

Plantas
Edelweiss, saxífraga, genciana, hierba cana, estoraque alpino nieve, musgo, liquen, abeto y pino.

Clima
Fuertes vientos, aire fino y seco, mucha luz solar. Invierno frío.

Temperatura
De –10°C a –50°C en la cima de las montañas, más cálido en los bosques a menor altura.

Precipitación
Hasta 40 cm al año, la mayor parte en forma de nieve en las áreas más altas.

DESIERTO CÁLIDO

Animales
Zorro africano, camello, guaco de arena, jerbo, pez de arena, canguro rojo, escorpión, tortuga desértica, buitre, perico.

Plantas
Saguaro, Welwitschia, mesquita, arbusto creosota, ocotillo, planta guija, dátil, planta centuria.

Clima
Cálido y seco todo el año. Las noches pueden ser muy frías.

Temperatura
De 30°C a 49°C en el día. En algunos desiertos puede bajar hasta –10°C en la noche.

Precipitación
Menos de 25 cm de lluvia al año. Algunos años no llueve.

SELVA TROPICAL

Animales
Mono araña, jaguar, pecarí, tucán, gorila, escarabajo Goliat, orangután, árbol canguro, tapir.

Plantas
Bromelia, planta ascidia, dipterocarpea y caoba, higo, orquídea de balde, planta de queso suizo, planta hormiga.

Clima
Cálido y húmedo todo el año. La humedad (cantidad de agua en el aire) siempre es elevada.

Temperatura
Entre los 23°C y los 31°C todo el año.

Precipitación
250 cm de lluvia distribuídos a lo largo del año.

SELVA TEMPLADA

Animales	Puercoespín, pájaro carpintero, ardilla listada, ciervo, ardilla, mariposa monarca, possum mielino, ardilla deslizadora de azúcar, rosella.
Plantas	Campánula, zarza, madreselva, leche de gallina, hiedra, helecho, abeto, pino, avellano, maple, haya, roble.
Clima	Veranos cálidos y húmedos. Inviernos fríos con nieve. Cuatro estaciones al año.
Temperatura	Entre –5°C y 25°C
Precipitación	Precipitación Entre 5 y 15 cm de lluvia al año, nieve y hielo durante el verano.

PASTIZALES

Animales	Avestruz, lobo con melena, vizcacha, león, cebra, jirafa, hamster, antílope saiga, canguro gris, buitre.
Plantas	Cortadera argentina, vara de oro, azafrán de pradera, cebolla silvestre, pulsatilla, castilleja miniata, baobab, acacia.
Clima	Estación cálida y seca seguida de otra más fresca y húmeda.
Temperatura	De los –30°C en invierno a los 30°C en verano.
Precipitación	Entre 25 y 75 cm de lluvia al año.

PÁGINAS DE INTERNET SOBRE SUPERVIVENCIA

www.learn.co.uk/default.asp?WCI=SubUnit&WCU=19563
Página educativa que explica la teoría de la evolución.
www.bbc.co.uk/learning/library/nature/index.shtml
Haz clic en "World Plants" (plantas del mundo) para descubrir la distribución de las plantas en el mundo.
Haz clic en "Animals" (animales) en la ventana de "Nature Selection" (Selección natural) para descubrir excelentes enlaces sobre animales.
http://mbgnet.mobot.org/index.htm
Obtén datos verídicos acerca de la selva tropical, los pastizales, la tundra, los desiertos, los ecosistemas de agua dulce y marinos, y más.
www.fi.edu/tfi/units/life/habitat/habitat.html
Este sitio del Instituto Franklin de E.U.A. tiene información y enlaces acerca de los diferentes ambientes del mundo, además sobre las especies en peligro de extinción.
www.mountainnature.com/Home.htm
Descubre información acerca de las montañas en este sitio que explora la flora y la fauna, la ecología y la geología de las montañas rocosas de Norteamérica.
www.onr.navy.mil/focus/ocean/
Pagina de la Oficina de Investigación Naval de E.U.A. con información acerca de los océanos, mamíferos marinos y sobre hábitats como playas, estuarios, arrecifes de coral y respiraderos hidrotérmicos.
www.bagheera.com/inthewild/index.html
Sobre las especies en peligro de extinción y su conservación.

GLOSARIO

Adaptación
Es la manera como una planta o un animal cambia para incrementar sus oportunidades de sobrevivir a un hábitat en particular.

Aislamiento
Evitar la pérdida de calor con una capa de pelaje, de pluma o de grasa.

Algas
Organismos simples que viven como plantas acumulando la energía de la luz solar.

Ambiente
Entorno de un ser vivo, que incluye factores físicos como el aire y el agua, así como otros seres vivos.

Anfibio
Animal de sangre fría, como la rana, que tiene una piel suave y húmeda y que vive tanto en tierra como en agua.

Antartida
Continente helado alrededor del Polo Sur.

Antenas
Órganos sensoriales en la cabeza de insectos y crustáceos. Detectan vibraciones, olores y sabores.

Ártico
Océano y tierras congelados alrededor del Polo Norte.

Bacteria
Organismos unicelulares microscópicos.

Branquia
Órgano para respirar bajo el agua.

Cadena alimenticia
Proceso por el cuál los nutrientes pasan a lo largo de la cadena de seres vivos. Por ejemplo, las plantas son comidas por insectos que, a su vez, son comidos por un pájaro.

Calentamiento global
Calentamiento de la Tierra ocasionado por la contaminación de la atmósfera.

Camuflaje
Manera como los animales usan su forma y color para mezclarse con su entorno y perderse de vista.

Capa de ozono
Capa de gas ozono en la atmósfera de la Tierra que filtra mucho de los rayos ultravioleta del sol.

Carnívoro
Animal o planta que come carne.

Células
Unidades más pequeñas de la materia viva. La mayoría de los animales y plantas tienen millones de células, pero algunos organismos, como las bacterias, sólo tienen una.

Colonizar
Invadir un hábitat y establecerse ahí.

Contaminación
Es ensuciar el agua, la tierra y el aire con gases y químicos tóxicos.

Crustáceo
Animal sin columna vertebral que tienen patas articuladas y dos pares de antenas. Los cangrejos, camarones y piojo de madera son crustáceos.

Deshidratación
Proceso de perder agua.

Desierto
Lugar con muy poca o sin lluvia. Hay desiertos fríos y cálidos.

Digestión
Descomposición de los alimentos en químicos simples que el cuerpo del animal puede absorber.

Ecolocalización
Manera como algunos animales navegan y encuentran su presa haciendo sonidos agudos y escuchando los ecos.

Especies
Grupo de seres vivos similares que pueden alimentarse entre sí.

Espora
Paquete diminuto de células, similar a

una semilla, que producen los hongos y algunas plantas como los helechos y los musgos.

Estaciones
Cambios regulares en el clima a lo largo del año. Algunas partes del mundo tienen cuatro estaciones: primavera, verano, otoño e invierno. Otras sólo tienen estaciones seca y húmeda.

Estivación
Sueño profundo o falta de movimiento que usan algunos animales para sobrevivir en la temporada de verano, seca y caliente.

Evolución
Proceso gradual mediante el que la vida se desarrolla y cambia y aparecen nuevas especies. Se piensa que es el resultado de la selección natural.

Extinción
Desaparición de una especie cuando muere su último miembro.

Folículo
Depresión en la piel de un mamífero donde nacen cabellos.

Fotosíntesis
Proceso por el que las plantas usan la energía de la luz del sol para hacer alimento de dióxido de carbono y agua.

Grasa
Capa de grasa bajo la piel de los animales que viven en los lugares fríos. Les ayuda a mantenerse calientes y funciona también para almacenar alimento.

Germinar
Brotar.

Glándula
Parte del cuerpo de un animal que produce químicos para controlar los procesos corporales.

Hábitat
Hogar natural de un ser vivo.

Hibernación
Estado de reposo, similar a un sueño profundo, en el que entran algunos

animales para sobrevivir al invierno.

Hongos
Organismos que absorben el alimento de la materia viva o muerta que los rodea. Se reproducen con esporas.

Larvas
Animales jóvenes que se ven y viven de manera diferente a sus padres. Las larvas cambian de forma al crecer.

Liquen
Organismo formado por un alga y un hongo que viven juntos.

Lluvia ácida
Lluvia más ácida de lo normal. Se presenta cuando los gases de contaminación se mezclan con agua en el aire.

Membrana
Barrera o capa delgada, similar a la piel, que cubre parte de un animal o planta, o que separa las partes de su interior.

Migración
Viajes regulares que realizan algunos animales para encontrar alimento, calor, espacio o un lugar para procrear.

Molusco
Animal de cuerpo blando sin columna vertebral, por lo regular, protegido por una concha dura. Los caracoles, las babosas y la mayoría de los mariscos son moluscos.

Mucosa
Fluido lubricante producido por el cuerpo de los animales.

Nutriente
Substancia que necesitan los seres vivos para crecer y mantenerse saludables.

Oasis
Área fértil y húmeda de un desierto donde el agua subterránea sale a la superficie.

Organismo
Cualquier cosa que esté viva.

Órgano
Una parte contenida en el ser vivo con una función especial, como el cerebro o el corazón.

Órgano de luz
Órgano en el cuerpo de un animal que contiene bacterias luminosas o que produce luz mediante reacciones químicas.

Osmosis
Flujo de agua de una solución débil a una más concentrada a través de una membrana porosa. La osmosis ocasiona que el pez pierda agua de los fluidos de su cuerpo a través de su piel.

Parásito
Animal que vive en o de otra especie, llamado receptor, y se alimenta de él.

Plancton
Plantas y animales diminutos que se acumulan en la superficie del agua dulce y salada.

Predador
Animal que caza otros animales para alimentarse.

Presa
Animal que muere por un predador.

Proteína
Sustancia producida por las células, esencial para la vida. Algunas proteínas controlan procesos químicos, otras se usan como materiales de construcción.

Quiste
Capa protectora que se forma alrededor del cuerpo del animal en condiciones secas.

Rayos ultravioleta
Rayos de la luz solar. La exposición a muchos rayos ultravioleta puede dañar a los seres vivos.

Reptil
Un animal con columna vertebral y una piel seca y escamosa. Las serpientes, lagartos, tortugas y cocodrilos son reptiles.

Respiración
Proceso por el que un ser vivo usa las reacciones químicas con oxígeno para liberar la energía de su alimento.

Respiradero hidrotérmico
Abertura en el fondo del océano del que brota agua caliente rica en minerales.

Riñón
Órgano del cuerpo de un animal que remueve los materiales de desperdicio de la sangre y que regula la cantidad de agua en el cuerpo.

Salinidad
Cantidad de sal contenida en una substancia.

Saliva
Fluido grueso producido en o cerca de la boca que ayuda a descomponer el alimento.

Sangre caliente, de
Un animal (ave o mamífero) que puede mantener su cuerpo a la misma temperatura cálida todo el tiempo.

Sangre fría, de
Animales, como el pez, la rana, el lagarto y el insecto, cuya temperatura corporal cambia de acuerdo a la del entorno.

Selección natural
Teoría que dice que las plantas y los animales mejor adaptados a su hábitat tienen mayores probabilidades de sobrevivir y de transmitir sus habilidades a su descendencia.

Tapetum
Capa reflectora en la parte trasera de los ojos de algunos animales que les permite ver en la noche.

Tentáculo
Estructura larga y flexible, similar a un brazo, en la cabeza de algunos animales invertebrados.

Tundra
Área fría y, en su mayor parte, sin árboles que se encuentra en las regiones polares.

ÍNDICE

CRÉDITOS

Dorling Kindersley quisiera agradecer a:

Dean Price por el diseño de la portada y a Chris Bernstein por el índice.

Fotografía adicional de:
Peter Anderson, Geoff Brightling, Jane Burton, Gables, Philip Gatward, Steve Gorton, Frank Greenaway, Peter Greenaway, Alan Hills, Dave King, Cyril Laubscher, Michael Spencer, Kim Taylor, Jerry Young.

Modelos hechos por:
Peter Minister, Gary Staab.

Créditos de fotografías

Los editores quisieran agradecer por el amable permiso para reproducir sus fotografías a:
A=arriba; b=abajo; c=centro; i=izquierda; d=derecha

Bryan and Cherry Alexander Photography: Hans Reinhard 16–17.
Ardea London Ltd: Liz Bomford 20–21; Eric Dragesco 23–4, 23tl; Jean–Paul Ferrero 18t, 27, 40t; Francois Gohier 14; Chris Harvey 83t; Chris Knights 40–1; D. Parer & Parer-Cook 1, 39b; Peter Steyn 38tl; David & Kate Urry 41tr; M. Watson 16t, 26; Andrey Zvoznikov 21tr.
Nature Picture Library: Jurgen Freund 54–55; Pete Oxford 48–9; Peter Scoones 50b; David Shale 62b, 64–5.
Bruce Coleman Ltd: Fred Bruemmer 22, 32t, 70; Carol Hughes 35r; Dr. Eckart Pott 33br, 75t; Natural Selection Inc 42–3; Orion Press 74–5; Pacific Stock 12; Kim Taylor 49t, 77.

Corbis: 51; Dave G. House 28–9; W. Wayne Lockwood 24b, 25b; Jose McDonald 29.
DK Picture Library: Jerry Young 84.
Natural Visions: Jason Venus 8–9.
N.H.P.A.: 4, 83b; B. & C. Alexander 3, 15t; Stephen Dalton 69tr, 78b; Brian Hawkes 20t; Daniel Heuclin 31b; Rich Kirchner 24tr; T. Kitchen & V. Hurst 76b; Stephen Kraseman 58; Kevin Schafer 23b; John Shaw 28b; Norbert Wu 18–19, 45br, 62t, 63, 65b; James Warwick 76t.
Oxford Scientific Films: Dennis Green 47; Howard Hall 46t.
Stefan Podhorodecki: 56, 70–71.
Science Photo Library: Professor N. Russell 13b.

Créditos de portada
Frontal:
Fotos fijas.

Todas las demás imágenes
© Dorling Kindersley Limited.

Para mayor información ver:
www.dkimages.com